MARO.

MOHAMMED MRABET

HARMLOSE GIFTE, VERZEIHLICHE SÜNDEN
STORIES

AUFGEZEICHNET VON PAUL BOWLES

Aus dem
Amerikanischen von
Roberto de Hollanda

MAROVERLAG

Titel der US-Originalausgabe:
Harmless Poisons, Blameless Sins
1976 Black Sparrow Press, Santa Barbara

Umschlag: Rotraut Susanne Berner
Vignetten: Mohammed Mrabet

Gesetzt aus der Stone Serif und der Univers 65.
Gedruckt auf säurefreiem, alterungsbeständigen Werkdruckpapier
der Firma Schleipen.
Satz, Druck und Bindung: MaroDruck

Originalausgabe
2. Auflage 1991

CIP-Titelaufnahme der Deutschen Bibliothek
Bowles, Paul:
Harmlose Gifte, verzeihliche Sünden / Paul Bowles;
Mohammed Mrabet. Aus dem Amerikan. von
Roberto de Hollanda. – Augsburg: Maro-Verl., 1991
ISBN 3-87512-205-4

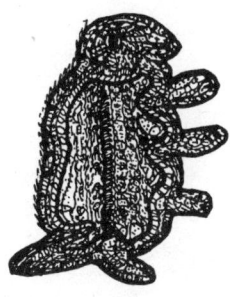

PAUL BOWLES · VORWORT

Hadidan Aharam ist eine Figur, die von der städtischen Bevölkerung Marokkos mehr oder weniger vergessen wurde, obwohl sie bei der Landbevölkerung noch sehr lebendig ist. Er ist der traditionelle Schelm, der trotz und manchmal gerade wegen seines einfachen Gemüts imstande ist, jenen seinen Willen aufzuzwingen, die ihn kritisiert und lächerlich gemacht haben. Bei manchen dieser Geschichten handelt es sich um Abwandlungen überlieferter Legenden, die Mrabet von einfachen Leuten auf dem Land gehört hat; andere sind seine Erfindung. In allen jedoch bleibt Hadidan Aharam zumindest nach marokkanischen Maßstäben ein äußerst sympathischer Charakter – eine Art Volksheld, der persönliche Fähigkeiten, die von der ländlichen Bevölkerung bewundert werden, mit dem Glück verbindet, das nur dem Zustand der Gnade entspringen kann.

DAS FEUER

Als kleiner Junge wohnte Hadidan Aharam mit seinen Eltern auf dem Land. Sein Vater besaß einen großen Bauernhof mit vielen Weizenfeldern. Mit vierzehn riß Hadidan Aharam von zu Hause aus und zog in die nächste Stadt, kam jedoch häufig nach Hause, um seine Familie zu besuchen. Eines Tages, als er aus der Stadt kam, fand er seinen Vater bei der Arbeit auf den Feldern mit den anderen Bauern. Der alte Mann sah auf und sagte nur: »Da bist du ja, mein Sohn. Sag deiner Mutter, sie soll das größte weiße Huhn schlachten.«

Hadidan Aharam machte kehrt und ging zum Haus. Auf dem Weg dachte er an seinen Vater. Er hat mich seit zwei Monaten nicht gesehen und steht nicht mal auf, um mich zu begrüßen, dachte er wütend. Er verlangsamte seine Schritte, zog die Kifpfeife aus der Tasche und begann zu rauchen. Ein Huhn also, wiederholte er im Geist. Dann kam er an einer Kuhherde vorbei, blieb stehen und betrachtete sie eine Zeitlang.

Als er zum Haus gelangte, lief ihm seine Mutter entgegen und küßte ihn. »Hast du deinen Vater gesehen?« fragte sie.

»Ich bin ihm gerade begegnet«, erzählte Hadidan Aharam. »Er hat gesagt, du sollst die größte weiße Kuh schlachten .«

»Ja, aoulidi.« Seine Mutter ging hin und wies die Diener an, das Tier zu schlachten. Die Männer schnitten ihm die Kehle durch, nahmen es aus und zerkleinerten es. Schließlich rief Hadidan Aharam die Frauen und befahl, das Fleisch zuzubereiten.

Es dauerte nicht lange, und Hadidan Aharams Vater kehrte von den Feldern zurück. Als er vor dem Haus stand, sah er den Kopf und dann die Füße der Kuh auf der Erde liegen. Er eilte ins Haus und rief nach seiner Frau. Sie saß am Feuer, zusammen mit Hadidan Aharam, der aufsprang, als er seinen Vater kommen sah.

»Frau! Warum hast du die Kuh geschlachtet?«

»Hast du nicht Hadidan Aharam aufgetragen, mir das zu sagen?« gab die Mutter zurück.

Der alte Mann griff nach einem brennenden Holzscheit und ging auf seinen Sohn los. Hadidan Aharam riß seinem Vater das Holzscheit aus der Hand und eilte aus dem Haus. Er lief auf die Felder, wo die Männer arbeiteten. Dort schwang er das brennende Holzscheit und rief den Männern zu:

8

»Mein Vater lädt euch alle zum couscous nach Hause ein. Aber zuerst will er, daß ihr eure Bärte absengt.«

Die Männer legten ihr Werkzeug nieder und begannen, sich auf das Festmahl vorzubereiten. Währenddessen lief Hadidan Aharam weiter ins Tal hinunter. Als er ganz unten angekommen war, warf er das brennende Holzscheit mitten in ein reifes Weizenfeld. Das Feuer loderte auf, und bald stand der ganze Hang in Flammen. Doch die Männer waren so sehr mit ihren Bärten beschäftigt, daß sie den Rauch nicht bemerkten.

Als sie plötzlich alle ohne Bart zum Haus kamen, erkannte der alte Mann sie nicht wieder. »Was wollt ihr?« fragte er an der Tür.

»Hadidan Aharam hat gesagt, wir seien zum couscous eingeladen.«

Der Alte klammerte sich fester an die Tür. Hinter den Männern sah er, wie sich das Feuer über die Hügel ausbreitete. Ohne ein Wort schloß er die Augen und fiel zu Boden. Die Diener eilten herbei und verriegelten die Tür, und die Bauern gingen ohne couscous davon.

Hadidan Aharam verließ das Tal und kam lange nicht mehr wieder, um seine Familie zu besuchen.

DER MUEZZIN

Als Hadidan Aharams Vater seiner Frau eines Tages überdrüssig wurde, beschloß er, sich scheiden zu lassen. Da sie völlig mittellos war, ging sie in die Stadt und suchte nach Hadidan Aharam, um bei ihm zu leben. Er wohnte in einer schäbigen Hütte, in der kaum Möbel standen. Des Nachts schliefen sie auf derselben Matte, da es nur eine Decke für beide gab.

Die Hütte stand neben einer Moschee. Nacht für Nacht, eine Stunde vor Sonnenaufgang, rief der Muezzin von seinem Minarett zum Gebet. Hadidan Aharam hörte ihn nicht, doch stets weckte der Ruf seine Mutter auf. Dann nahm sie die Decke, wickelte sich hinein und betete in der Mitte des Zimmers, während draußen der Muezzin sang. Hadidan Aharam wachte derweil vor Kälte auf und lag zitternd auf der Matte.

In einer kalten Nacht hielt er es nicht länger aus. Er sprang auf und schrie: »Ich bringe diesen Kerl um!«

Dann nahm er seine Axt und stürmte aus der Hütte. Während der Muezzin noch das fjer rief, drang Hadidan Aharam in die Moschee ein und schlug ihm den Kopf ab. Am Ende warf er ihn in den Brunnen hinter der Moschee.

Seine Mutter betete noch, als er wieder nach Hause kam. Er wartete, bis sie fertig war und sagte: »Dieser Muezzin wird uns nicht mehr stören. Sein Kopf liegt auf dem Grund des Brunnens hinter der Moschee.«

Damit griff er nach der Decke und legte sich wieder schlafen. Seine Mutter, die sofort begriff, was er angerichtet hatte, zog sich eilig an und ging zum Ziegenstall. Es war noch dunkel, als sie das Tier schlachtete und seinen Kopf zum Brunnen hinter der Moschee trug. Sie wußte, daß Hadidan Aharam beim Aufwachen kein Hehl aus seiner Tat machen würde. Hoffentlich finde ich den Kopf des Muezzins im Brunnen, dachte sie. Sie sah hinunter und bemerkte im Schein des verblassenden Mondes, daß er nicht ganz hineingefallen, sondern an einigen Büschen unter dem Brunnenrand hängengeblieben war. Hadidans Mutter beugte sich über den Rand und zog ihn heraus. Dann warf sie den Ziegenkopf in die Tiefe des Brunnens. Schließlich ging sie weit aus der Stadt hinaus und vergrub den Kopf des Muezzins an einem abgeschiedenen Ort.

Am frühen Morgen entdeckte man die Leiche des Mannes in der Moschee. Die Nachricht verbreitete sich wie ein Lauffeuer in der Stadt, und die Söhne des

Muezzins kamen und begannen zu weinen und zu klagen. Die mokhnazia hielten Leute auf der Straße an und verhörten sie. »Wir suchen den Mörder des Muezzins«, riefen sie.

Um die Mittagszeit, nachdem Hadidan Aharam aufgestanden war, ging er aus dem Haus und sah eine Menschenmenge, die sich vor der Moschee versammelt hatte. Er mischte sich unter die Leute und fragte: »Was ist denn los? Was ist passiert?«

Sie nahmen Hadidan Aharam beiseite. »Es ist etwas Schreckliches geschehen«, erzählten sie. »Man hat den Muezzin ermordet, und sein Kopf ist verschwunden.«

»Der Kopf liegt in dem Brunnen dort drüben«, rief Hadidan Aharam und deutete auf den Garten der Moschee. »Ich habe ihn selbst hineingeworfen, nachdem ich ihn abgeschlagen hatte.«

Alle starrten Hadidan Aharam an.

»Seine Stimme war zu laut, da habe ich ihn getötet«, erklärte er. »Kommt und seht!« Und er lief zum Brunnen. Die Menschenmenge versammelte sich um den Brunnen und beobachtete, wie er hinunterkletterte. Eine lange Zeit suchte Hadidan Aharam auf dem Grund des Brunnens, doch er konnte den Kopf des Muezzins nicht finden. Schließlich ertastete er den Ziegenkopf und zog ihn aus dem Wasser. Er rief den Söhnen des Muezzins zu, sie sollten zum Rand des Brunnens kommen.

Als sie hinuntersahen, sagte er: »Ich habe ihn gefunden, aber ich wußte nicht, daß er Hörner hatte.«

Er winkte ihnen mit dem Ziegenkopf. Die Zuschauer fanden es lustig, und es gab großes Gelächter. Die Söhne des Muezzins jedoch waren erbost und sagten, Hadidan Aharam sei verrückt und man könne ihn nicht frei herumlaufen lassen. Hadidan Aharam kletterte aus dem Brunnen. In diesem Augenblick drängte sich seine Mutter durch die Menge, packte ihn am Arm und zog ihn schimpfend und zeternd nach Hause.

DIE RHOULA

Eines Tages wanderte Hadidan Aharam durch das
Land, schwang seine Axt und suchte nach geeigneten
Bäumen zum Fällen. Er kam zu einem Feigenbaum. Es
war Sommer, und die Feigen wuchsen überall zwischen
den Blättern.

Er kletterte auf den Baum, setzte sich auf einen dik-
ken Ast und begann zu essen. Bald kam eine alte Frau
mit müden Schritten vorbei. Als sie ihn im Baum sitzen
sah, humpelte sie näher und blickte zu ihm herauf.

»Sei so nett und wirf mir zwei oder drei Feigen herab,
aoulidi«, rief sie. »Ich bin zu alt, um mir selbst welche zu
pflücken.«

Hadidan Aharam warf ihr eine Feige herab. Sie fiel
auf die Erde, und die Alte hob sie mühsam auf und
aß sie. Er beugte sich hinab, um ihr eine zweite
zu reichen. Doch im gleichen Augenblick sprang die
Alte auf und packte ihn mit solcher Kraft am Arm, daß

er das Gleichgewicht verlor und kopfüber vom Baum stürzte.

Während er noch benommen war, fesselte sie ihn und steckte ihn in einen Sack, den sie zuband und sich über den Rücken warf, als sei er federleicht. Dann marschierte sie mit kräftigen, langen Schritten los.

Da wußte Hadidan Aharam, daß er von einer rhoula gefangen genommen worden war. Er konnte durch das Gewebe des Sacks sehen, und als sie zu einem Fluß kamen, sagte er:

»Großmutter! Ist es nicht Zeit zum Beten?«

»Du hast recht, mein Sohn. Möge Allah dir danken, daß du mich daran erinnerst.« Sie legte den Sack ab und begab sich zum Flußufer. Dort fing sie ein paar Frösche, die sie einen nach dem anderen verschlang, während sie noch zappelten. So machen es die rhoulas, wenn sie beten.

Als Hadidan sah, wie sie am Ufer beschäftigt war, versuchte er mit aller Kraft, sich aus dem Sack zu befreien. Die Alte drehte sich um und sah, wie der Sack hin und her rollte. Sie kam gelaufen und warf sich den Sack wieder über die Schulter. Dann kehrte sie ans Ufer zurück, watete mit dem Sack auf dem Rücken durch das Wasser und jagte weiter nach Fröschen. Nachdem sie sich den Bauch vollgeschlagen hatte, kletterte sie die Uferböschung hinauf und machte sich auf dem Heimweg. Sie lebte in den Ruinen eines römischen Hauses, das seit der Zeit der Römer niemand mehr bewohnt hatte. Bevor sie eintrat, blieb sie stehen und rief: »Schließt alle Türen und Fenster und öffnet das Eingangstor für mich und Hadidan Aharam.«

Ihre sieben Töchter liefen durcheinander, schlossen die Fenster und schoben Riegel vor die Schlösser. Dann ließen sie ihre Mutter herein. Sie warf den Sack auf den Boden und öffnete ihn. Hadidan Aharam krabbelte heraus. Als er aufsah, bemerkte er sieben schöne Mädchen, die im Kreis um ihn herumstanden und ihn anstarrten.

»So, das hätten wir«, sagte die Alte. »Aber ich muß noch einmal ausgehen.«

Sie ließ Hadidan Aharam inmitten der um ihn versammelten Mädchen zurück und ging in den Wald. Er saß da und ließ sich bestaunen. Nach kurzer Zeit bemerkten sie die vielen Tätowierungen überall auf seinen Armen. Sie stießen bewundernde Ausrufe aus und untersuchten seine Arme genauer.

»Wer hat dir diese schönen Muster gemacht?«

»Mein Großvater«, antwortete Hadidan Aharam.

»Und die hier?«

»Meine Großmutter.«

Jedes der Mädchen berührte eine andere Tätowierung. »Mach uns auch welche«, baten sie. »Du weißt doch wie es geht.«

»Aber nur, wenn ihr alle in eure Zimmer geht und die Türen schließt. Ich komme nacheinander zu jeder von euch.«

Die Mädchen sprangen auf, liefen in ihre Zimmer und schlossen die Türen hinter sich zu. Bald war es ganz still im Haus. Hadidan Aharam ging zum ersten Zimmer, öffnete die Tür und trat hinein. Er schwang seine Axt und schlug dem Mädchen, das sich nicht von der Stelle rührte, den Kopf ab.

Er eilte von Zimmer zu Zimmer und tötete sechs Mädchen nacheinander. Er hatte sich das Zimmer gemerkt, wohin die jüngste verschwunden war, und wartete bis zum Schluß, bevor er sie besuchte. Sie war die einzige, die er haben wollte. Ihr schlug er den Kopf erst ab, nachdem er mit ihr geschlafen hatte.

Danach machte er sich daran, die sieben Leichen zu zerstückeln und vor der Tür, wo die alte Frau hereinkommen würde, zu einem großen Haufen aufzuschichten. Er legte die Köpfe und Brüste zuunterst und die übrigen Fleischstücke nach oben. Dann stieg er mit seiner Axt, einem Korb und einer heißen Kohlenpfanne aus der Küche über eine schmale Leiter zu einem Balkon hinauf. Dort oben machte er es sich gemütlich und wartete im Dunkeln.

Schließlich ging die Tür auf, und die alte Frau stand auf der Schwelle. Das erste, was sie sah, war der große Haufen frischen Fleisches vor der Tür. Ohne zu zögern setzte sie sich hin und begann, das rohe Fleisch zu verschlingen. Doch noch während sie aß, fuhr sie mit der Hand tiefer in den Haufen und zog eine Brust heraus.

Einen Augenblick lang starrte sie darauf, dann warf sie den Kopf zurück und begann zu heulen und zu klagen. Schließlich ballte sie die Faust und schwang sie drohend. »Ah, Hadidan Aharam!« rief sie. »Ich werde dir das Blut aus dem Körper saugen. Ich werde dich auf einen Satz verschlingen und deine Knochen als Zahnstocher benutzen.«

»Sprichst du mit mir?« fragte Hadidan Aharam. »Hier bin ich, Großmutter.«

Sie sah auf und erblickte ihn oben in den Schatten. Wie soll ich ihn da oben erwischen? fragte sie sich.

»Du brauchst nur ein paar Steine zu holen und sie aufeinanderzustapeln, um mich zu kriegen«, sagte Hadidan Aharam.

Sie fing an, von draußen Steine anzuschleppen und in die Mitte des Raumes zu legen. Als der Steinhaufen hoch genug war, kletterte sie darauf. Doch als sie oben angekommen war, rutschten die höchsten Steine unter ihren Füßen weg und kullerten mit ihr hinunter, bis sie unter ihnen begraben war. Sie schob sie beiseite und rief: »So geht es nicht. Fällt dir nichts anderes ein?«

»Warte einen Augenblick«, sagte Hadidan Aharam. »Ich habe etwas, das dir gefallen wird. Mach deinen Mund auf.«

Sie lag still und machte den Mund weit auf. Hadidan Aharam griff in seinen Korb, holte einen Honigtopf heraus und goß ihn über ihr Gesicht. Sie leckte den Honig auf und sagte: »Ich werde nicht länger versuchen hochzuklettern, sondern hier auf dich warten, bis du herunterkommst.«

Hadidan Aharam antwortete nicht.

Nach einer Weile rief sie wieder zu ihm hinauf. »Der Honig war ausgezeichnet. Du hast nicht zufällig noch mehr davon?«

Hadidan Aharam zog einen Feuerhaken aus dem Feuer. Er war glühend rot

»Großmutter, mach deinen Mund so weit auf wie du kannst und schließ die Augen. Ich will dir mehr Honig und ein wenig Schafsbutter geben.«

Sie tat wie befohlen, und Hadidan Aharam schleuderte ihr den Feuerhaken in den Mund. Er war so heiß, daß er am anderen Ende des Halses wieder herauskam. Sie wälzte sich auf dem Boden und stieß überall an.

»Was hast du, Großmutter? Habe ich dir wehgetan?«

Als sie zu ihm hinaufsah, warf er die brennende Kohle über ihre Augen und ihr Gesicht. Wieder wälzte sie sich auf dem Boden, und in diesem Augenblick kletterte Hadidan Aharam mit der Axt in der Hand eilig die Leiter herab. Er zielte auf ihren Hals und hackte solange darauf ein, bis er ihr den Kopf abgeschlagen hatte.

Er fand einen großen Sack und füllte ihn mit den Köpfen der sieben Mädchen. Der ihrer Mutter kam zuletzt obenauf. Schließlich warf er den Sack über die Schulter und machte sich auf dem Weg zum tchar. Er ging direkt zum Haus des cheikh. Als er vor dem cheikh stand, öffnete er den Sack und schüttete alle Köpfe auf den Boden.

Der cheikh war so erfreut, daß er ein riesiges Festmahl gab und alle aus dem tchar und der Umgebung einlud. Unter den Gästen war auch Hadidan Aharams Vater.

Als alle versammelt waren, begann der cheikh zu sprechen. »Hadidan Aharam hat uns allen einen großen Gefallen erwiesen«, sagte er. »Jetzt werden unsere Kinder, Kühe und Schafe sicher sein.«

Alle versammelten sich um Hadidan Aharam und lobten ihn für das, was er getan hatte. Sogar sein Vater kam mit den anderen zu ihm und sagte: »Wenn du wieder nach Hause kommen willst – es würde mich freuen.«

Hadidan Aharam dankte ihm und sagte, daß er ihn bald besuchen würde. Dann ging er zu seiner Mutter nach Hause.

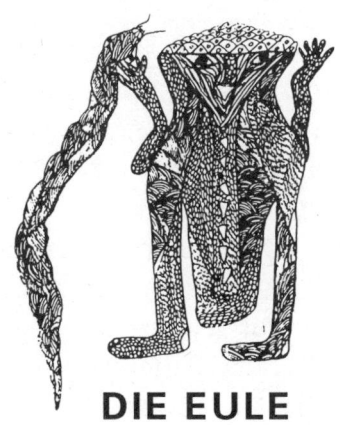

DIE EULE

Im Sommer stand Hadidan Aharam stets vor dem Morgengrauen auf und ging in die Stadt. Dort auf dem Markt trug er Säcke und Bündel für andere, und mit dem Geld, das er dabei verdiente, kaufte er etwas zu essen für sich und seine Mutter.

Eines Tages sagte seine Mutter zu ihm: »Der Winter steht vor der Tür, und wir haben immer noch nur eine Decke. Du wirst die Ziege verkaufen müssen, damit wir uns eine zweite Decke kaufen können.«

»Ja!« sagte Hadidan Aharam und sprang auf. »Am besten nehme ich die Ziege sofort mit und verkaufe sie.«

»Gut.«

Hadidan Aharam ging hinaus, holte die Ziege und führte sie den Pfad entlang in die Stadt. Mitten im Wald traf er eine Eule, die auf dem Ast eines Baumes saß. Die Eule bewegte sich nicht. Sie sah ihn nur an. Hadidan

Aharam blieb stehen, nahm seine sebsi und rauchte etwas Kif. Nach einer Weile sagte er zu der Eule: »Hallo!«

Die Eule sagte: »Youk!«

»Möchtest du eine Ziege kaufen?«

Die Eule gab keine Antwort.

»Ich mache dir einen guten Preis«, fuhr Hadidan Aharam fort, denn nun, da er geraucht hatte, verspürte er keine Lust mehr auf den langen Weg in die Stadt. »Wie wäre es mit hundert dananir?«

Da antwortete die Eule: »Youk.«

»Einverstanden? Ich binde sie hier für dich fest.«

Er band die Ziege mit einem Strick an den Baum und sagte: »Und das Geld?«

Die Eule flatterte mit den Flügeln. »Youk.«

»Na schön, dann bis morgen.« Hadidan Aharam ging seines Weges und ließ die Ziege zurück. Kurz darauf kam ein Schakal vorbei, grub seine Zähne in den Hals des Tieres und tötete es. Die Eule saß auf ihrem Ast und sah zu, wie der Schakal die tote Ziege davonschleifte.

Hast du die Ziege verkauft?« fragte Hadidan Aharams Mutter, als er nach Hause kam. Er nickte.

»Wem hast du sie verkauft?«

»Oh, eine Eule, die da draußen wohnt, hat sie genommen.«

»Was hast du gesagt?« rief seine Mutter.

»Ja, du hast richtig gehört, eine Eule.«

»Hat sie bezahlt?«

»Nein, aber sie sagte, sie würde morgen bezahlen. Und eine Eule lügt nicht, yimma.«

Seine Mutter schlug die Hände über den Kopf zusammen. »Jetzt können wir die Decke nicht kaufen! Und die Ziege ist auch weg.«

»Zerbrich dir nicht den Kopf«, sagte Hadidan Aharam. »Morgen gebe ich dir das Geld.«

Am nächsten Morgen ging er wieder in den Wald, zu der Stelle, wo er die Ziege angebunden hatte. Die Eule saß auf dem Baum und starrte auf ihn herab.

»Guten Morgen!« grüßte Hadidan Aharam.

Die Eule gähnte und sagte: »Youk.«

»Hast du das Geld?«

Die Eule sagte: »Youk« und schloß die Augen.

Hadidan Aharam wartete, doch scheinbar war die Eule wieder eingeschlafen. Da wurde er zornig.

»Versuch nicht, mich für dumm zu verkaufen, es wird dir nicht gelingen!« rief er und bückte sich nach einem Stein. Die Eule flatterte vom Baum und ließ sich ein Stück weiter weg auf einem Haufen Steine nieder.

Hadidan Aharam lächelte. Da versteckt sie also ihr Geld, dachte er.

Als er zu den Steinen kam, flog die Eule wieder auf den Baum. Er hob ein paar Steine auf und stieß auf einen kleinen Hohlraum mit einem Tonkrug voller Goldmünzen.

»Sieh her!« rief Hadidan Aharam zur Eule. »Ich

nehme mir hundert dananir, nicht mehr. Hast du gesehen?«

Dann legte er die Steine wieder an ihren Platz und ging nach Hause.

»Hier ist das Geld, yimma.«

Seine Mutter starrte auf die Münzen. »Wo hast du sie her?« fragte sie.

»Von der Eule. Ich sagte dir doch, daß sie heute bezahlen würde. Sie bewahrt ihr Geld unter einem Steinhaufen auf, unweit des Baumes, wo sie wohnt.«

»Wo?« rief seine Mutter.

Hadidan Aharam dachte einen Augenblick nach. »Ich kann es dir nicht sagen«, antwortete er. »Du könntest auf die Idee kommen, dir welches zu nehmen. Ich will nicht, daß man diese Eule bestiehlt.«

»Nein, nein, aoulidi! Ich möchte diese Eule nur gerne kennenlernen. Ich könnte ihr behilflich sein, vielleicht kann ich für sie arbeiten. Ich könnte ihr ein paar Kleinigkeiten zu essen machen. Vielleicht wäre sie froh, wenn jemand ihr zur Hand geht.«

»Mag sein«, sagte Hadidan Aharam mißtrauisch.

»Wir sollten uns bald auf dem Weg machen«, drängte seine Mutter. »Es sieht nach Regen aus.«

Es begann zu regnen, bevor sie zum Wald kamen. Hadidan Aharam zog die Kapuze seiner Dschellaba über den Kopf. Seine Mutter, die hinter ihm ging, nahm ein paar Bohnen und Erbsen aus der Tasche und warf sie ihm auf den Kopf.

Es dauerte nicht lange, bis Hadidan Aharam rief: »Mutter! Es regnet Bohnen und Erbsen!«

»Ja, mein Sohn. Es ist die Jahreszeit dafür«, antwortete sie.

Als sie zu dem Baum kamen, saß die Eule da. Hadidan Aharams Mutter schaute hierhin und dorthin und entdeckte schließlich den Steinhaufen. Sie lief hin und nahm die Steine weg, bis sie auf den Tonkrug mit den Goldmünzen stieß. Sie hob ihn auf und ließ ihn schnell unter ihrem haik verschwinden.

»Laß uns nach Hause gehen«, sagte sie.

Hadidan Aharam blieb reglos stehen, und seine Mutter machte sich allein auf dem Heimweg. Er sah zu der Eule hinauf.

»Hast du gesehen, was sie getan hat?«, fragte er. »Ich werde es dem Pascha melden.«

Er lief in die Stadt. Als man ihm zum Pascha vorließ und dieser ihn fragte, warum er gekommen sei, antwortete Hadidan Aharam: »Meine Mutter hat viel Geld gestohlen.«

»Tatsächlich?«, sagte der Pascha und schickte zwei Soldaten, um die Frau zu holen.

Als man sie vorführte, runzelte der Pascha die Stirn und sagte: »Lalla, dieser Junge behauptet, du hättest viel Geld gestohlen.«

»Dieser Junge?« lachte sie und deutete auf Hadidan Aharam. »Fragt ihn, wem ich dieses Geld gestohlen haben soll.«

Der Pascha gab die Frage an Hadidan Aharam weiter, der antwortete: »Einer Eule, die in den Wäldern wohnt. Es war heute morgen, kurz nachdem es Bohnen und Erbsen geregnet hatte.«

»Schickt diesen Dummkopf nach Hause!« rief der Pascha. »Und laßt ihn nie wieder hier herein.«

DIE HENNEN

Eines Tages beschloß Hadidan Aharam, seinen Lebens-
unterhalt mit dem Verkauf von Hühnern zu bestreiten.
Er ging hin und kaufte die kleinsten Hennen, die er
finden konnte, Hennen, die sehr wenig kosteten und
noch weniger wogen. Wenn er nach Hause kam, fütter-
te er sie mit dem weichen Teil des Brotes und ließ sie so
viel Wasser trinken wie sie wollten. Dann drehte er sie
um und blies ihnen Luft in den Darm. Wenn sie fett
und rund waren, brachte er sie zum Markt.

Ein Mann kaufte ein Huhn, das aussah, als würde es
zwei Kilo wiegen. Er brachte das Tier nach Hause und
schlachtete es, doch als er ihm die Federn ausriß, bekam
er einen Schrecken.

Er ging zum Markt zurück und beschwerte sich:

»Wenn man sie in den Kochtopf steckt, lösen sie sich
in Luft auf«, sagte er.

»Das liegt daran, daß das Huhn es mit der Angst

bekommt, wenn es dein Haus sieht«, erklärte Hadidan Aharam. »Wenn ein Huhn Angst hat, verliert es sehr schnell an Gewicht, das ist doch klar. Das nächste Mal, wenn du ein Huhn kaufst, schlachte es auf der Straße, bevor du nach Hause kommst.«

Der Mann kaufte drei Hennen und nahm sie mit. Auf dem Weg traf er einen Freund, und als er sich an Hadidan Aharams Rat erinnerte, überredete er ihn, die Hennen an Ort und Stelle zu schlachten. Sein Freund schnitt den Tieren die Kehle durch, und der Mann brachte sie nach Hause und rupfte ihnen die Federn aus. Sie erinnerten eher an kleine Tauben als an Hühner.

Er sprang auf und lief zum Markt, um Hadidan Aharam zu suchen. »Ich habe sie auf der Straße töten lassen«, sagte er. »Aber nachdem ich sie gerupft hatte, war nichts mehr übrig.«

»Alles was mir noch einfällt, ist, daß du djenoun in deinem Haus hast«, antwortete Hadidan Aharam. »Das ist die einzige Erklärung. Du mußt dieses Haus aufgeben und umziehen. Ich bin sicher, dann wirst du endlich gute Hühner essen können.«

Den gleichen Vorschlag machte er auch den anderen, die sich bei ihm beschwerten. Schließlich taten sich alle zusammen und suchten den Pascha auf. Wenig später ließ der Pascha Hadidan Aharam rufen.

Als Hadidan Aharam das Zimmer des Pascha betrat, zog er schnell seine sebsi und seinen mottoui aus der

Tasche, füllte die Pfeife und bot sie dem Pascha an. Er nahm sie an, und sie rauchten mehrere Pfeifen. Schließlich gingen sie zu den zornigen Kunden, die draußen entlang der Wand auf Bänken saßen. Der Pascha setzte sich auf einen Stuhl, und Hadidan Aharam nahm neben ihm Platz.

»Nun, was habt ihr alle hier zu suchen?« fragte der Pascha und sah einen nach dem anderen an.

»Wir haben eine Klage gegen Hadidan Aharam vorzubringen«, sagten die Männer.

»Nun, dann los«, sagte der Pascha.

»Er verkauft Hühner, die kleiner werden, wenn man sie gekauft hat.«

Der Pascha wandte sich Hadidan Aharam zu: »Ist das die Wahrheit?« fragte er.

»Mir kommt es vor wie ein Märchen«, antwortete Hadidan Aharam. »Wie sollen Hühner plötzlich kleiner werden? Ich habe noch nie ein Huhn geschlachtet, das später kleiner wurde. Wenn du willst, gehe ich sofort hin und hole zwei von ihnen her, dann kannst du dich selbst überzeugen. Danach sprich mit den Männern.«

»Habt ihr gehört?« sagte der Pascha. »Geht also fürs erste wieder nach Hause, und ich werde die Hühner untersuchen. Später kommt wieder, und wir werden sehen.«

Die Männer standen auf und gingen. Hadidan Aharam lief eilends zum Markt und kaufte zwei fette Hennen, die er zum Pascha brachte. Er schlachtete sie und, während er ihnen die Federn ausriß, sagte er: »Schau, sidi. Glaubst du, was sie gesagt haben?«

»Mir scheint, daß die Hühner in Ordnung sind«, sagte der Pascha. »Diese Männer haben etwas gegen dich, das ist alles. Sie wollen dir Ärger machen. Wirst du sie jetzt zubereiten?«

Hadidan Aharam verließ den Palast des Paschas und kaufte Öl, Oliven und Gewürze. Anschließend machte er sich an die Arbeit.

Nachdem sie gegessen hatten, lächelte der Pascha zufrieden. »Hör zu Hadidan Aharam. Wenn du noch mal in Schwierigkeiten steckst, komm einfach mit zwei Hühnern her und bereite sie mir zu, und ich werde dafür sorgen, daß alles so läuft wie du es dir wünschst.«

»Willst du noch eine Pfeife?« fragte Hadidan Aharam.

»Danke, jetzt nicht. Ein andermal.«

Und Hadidan Aharam ging zum Markt zurück, um seine Hennen zu verkaufen.

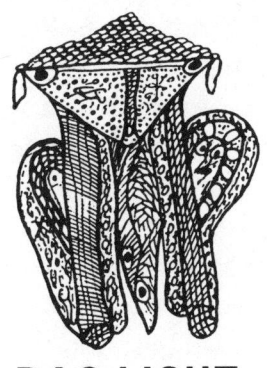

DAS LICHT

Hadidan Aharam wurde zum Günstling des Pascha
und durfte in seinen Gärten Unkraut jäten. Eines Tages
kam ein Sklave zu Hadidan Aharam und verkündete,
der Pascha verlange nach ihm. Als er den Palast betrat,
saß der Pascha inmitten seines Gefolges.

»Es ist Winter, nicht wahr?« sagte der Pascha.

»Ja«, antwortete Hadidan Aharam. »Es ist kalt.«

»Traust du dir zu, eine Nacht nackt auf dem Dach zu
verbringen, ohne ein Feuer?« fragte der Pascha und sah
ihn an. »Wenn du das fertigbringst, darfst du dir wün-
schen, was du willst. Aber ich bezweifle es.«

»Ich schaffe es«, sagte Hadidan Aharam.

»Bist du sicher?«

»Ganz sicher.«

Als es Abend wurde, zog sich Hadidan Aharam aus
und begab sich auf das Dach, wo er zitternd die dunklen Stunden verbrachte und darüber nachdachte,

um was er den Pascha bitten sollte, wenn der Morgen kam. In der Dämmerung sah er ein winziges Licht in der Ferne flackern. Es war so weit weg, daß es auf der anderen Seite der Meerenge in Spanien hätte sein können.

Am Morgen lief er hinunter und holte bei den Dienern seine Kleider ab. Dann begab er sich zum Pascha, der wieder unter seinen Freunden saß.

»Guten Morgen. Du hast also tatsächlich die Nacht nackt auf dem Dach verbracht. Bist du sicher, daß nirgendwo ein Feuer gebrannt hat?«

»Nein, sidi. Es gab kein Feuer.«

»Du hast wirklich die ganze Nacht nichts gesehen?« fragte der Pascha und warf ihm einen strengen Blick zu.

»Doch, sidi. Ich habe ein winziges Licht gesehen, aber ich weiß nicht, wie weit es entfernt war.«

»Aha, also doch! Sehr bedauerlich. Du solltest ohne Feuer auskommen. Nein, nein, nein.«

»Hab Dank, sidi.« Hadidan Aharam ging zurück zu seiner Gartenarbeit und dachte daran, wie der Pascha sich vor dem ganzen Gefolge über ihn lustig gemacht hatte. Am Ende des Tages ging er heim und setzte sich zu seiner Mutter.

Als erstes zog er seine Kifpfeife heraus und rauchte. Dann erzählte er ihr, warum er in der Nacht zuvor nicht nach Hause gekommen war und was der Pascha ihm angetan hatte.

»Ich muß ihm eine Lektion erteilen«, sagte er.

Er ließ eine Woche verstreichen, dann bat er, zum Pascha vorgelassen zu werden.

»Sidi«, sagte er. »Ich gebe ein Abendessen und will dich und alle deine Freunde einladen.«

Der Pascha wußte um Hadidan Aharams vorzügliche Kochkünste und sagte, er werde die Einladung mit Freuden annehmen.

Als der Tag gekommen war, erschienen der Pascha und ein großer Teil seines Gefolges vor Hadidan Aharams Haus. Während sie hereinkamen, nahm Hadidan Aharam ihnen die Burnusse ab und brachte sie in ein Nebenzimmer. Als alle Gäste vor der Tür ihre Babouches ausgezogen und sich hingesetzt hatten, steckte Hadidan Aharams Mutter Burnusse und Babouches in zwei Säcke und eilte zum Markt. Dort gab sie alles an einen Händler und kaufte von dem Erlös das Essen.

Während sie fort war, brachte Hadidan Aharam Tabletts und Gläser, Gebäck und Zucker, Minze und Tee. Er hockte sich neben die Kohlenpfanne und zündete ein Feuer an. Da er nur ein kleines Stück Kohle nahm, war die Flamme sehr klein. Und statt den Kessel auf das Feuer zu setzen, hängte er ihn an eine kurze Kordel, die von der Decke herabhing.

Die Gäste saßen da und warteten auf den Tee. Nach einer langen Zeit stand der Pascha auf und trat zu der Ecke, wo Hadidan Aharam neben dem Feuer hockte. »Was ist mit dem Tee?« fragte der Pascha.

Hadidan Aharam versuchte, mit dem Blasebalg das

35

Feuer anzufachen. Es war erloschen, nur Asche wirbelte auf.

»Was ist los mit dem Feuer? Was machst du?«

»Das Feuer ist hier«, antwortete Hadidan Aharam, und wies auf die Kohlenpfanne.

»Und der Kessel? Wo ist der Kessel?« rief der Pascha.

Hadidan Aharam sah zur Decke auf.

Der Pascha warf einen Blick auf den Kessel über seinem Kopf und sagte: »Und du meinst, so würde das Wasser je kochen?«

»Warum nicht, sidi? Wenn ein Licht in Spanien einen Mann auf deinem Dach zu erwärmen vermochte.«

Der Pascha starrte ihn an. Die anderen, die das Gespräch mitangehört hatten, brachen in lautes Gelächter aus.

Der Pascha setzte sich und lachte mit ihnen, während Hadidan Aharam ein richtiges Feuer anzündete und Tee kochte. Er servierte majoun und gab ihnen Kif zu rauchen, und als seine Mutter mit dem Essen zurückkam, waren alle bester Laune.

»So«, sagte Hadidan Aharam.»Hier kommt das Essen.«

Die Gäste verschlangen das Mahl. Als sie aufbrechen wollten, suchten sie vergeblich nach ihren Burnussen und Babouches. »Was hast du damit gemacht?« fragten sie Hadidan Aharam.

»Tut mir leid, aber ihr habt sie gegessen«, antwortete er. »Ich sagte euch doch, daß es euer Essen ist.«

Seine Gäste waren so berauscht, daß ihnen keine Antwort einfiel. Sie bedankten sich bei Hadidan Aharam und machten sich barfuß und ohne ihre Burnusse auf dem Heimweg.

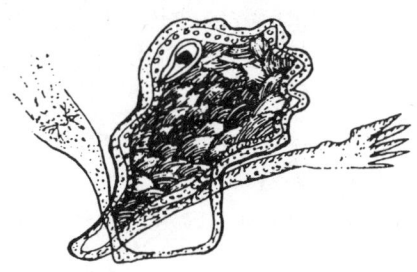

DIE JUNGE EHEFRAU

Der Pascha hatte einen reichen Freund in seinen Palast eingeladen. Der junge Mann hatte gerade ein sehr schönes Mädchen geheiratet und brachte seine Frau mit. Als der Pascha das Paar sah, meinte er, es könnte vergnüglich sein, eine Szene zwischen dem jungen Mann und Hadidan Aharam zu provozieren. Er dachte daran, daß Hadidan Aharam noch nicht verheiratet war. Wenig später ging er hinaus und ließ Hadidan Aharam rufen.

»Hier bin ich, sidi.«

»Setz dich.«

Hadidan Aharam hockte sich auf den Boden.

»Rauch!«

Hadidan Aharam zog seine naboula und seine sebsi aus der Tasche und begann zu rauchen.

»Du bist doch ledig, nicht wahr?«

»Jawohl, sidi«, sagte Hadidan Aharam.

»Hast du die Frau meines Freundes gesehen?«

»Ja, aber ich kann sie nicht lange ansehen. Sie ist zu schön.«

»Ich weiß«, sagte der Pascha. »Ich habe noch nie eine so schöne Frau gesehen.«

»Was für ein Körper!« sagte Hadidan Aharam träumerisch.

»Warum hast du sie dir nicht genommen?« sagte der Pascha.

»Wie könnte ich, sidi?«

»Wovor hast du Angst?«

»Erstens ist sie verheiratet. Und zweitens wohnt sie in deinem Haus. Das könnte ich nicht. Am liebsten würde ich nicht einmal dieses Haus betreten.«

»Willst du es nicht versuchen?«

Hadidan Aharam stand auf und ging fort.

Eines Tages, als er durch den Hof kam, hörte er die schwarzen Sklavinnen miteinander schwatzen. Sie sprachen darüber, daß die Frau, die mit dem Freund des Paschas verheiratet war, darüber geklagt hatte, daß sie keine Kinder bekam. Hadidan Aharam lauschte eine Weile und ging seines Weges. Dann begab er sich geradewegs zu dem jungen Mann und sagte:

»Ich habe gehört, Du kannst keine Kinder haben.«

»Das stimmt.«

»Ich kenne einen Ort, an dem es klappen wird«, sagte Hadidan Aharam.

»Und wo?«

»Es ist ein Berg namens Djebel Harhar. Du mußt ihn während des Tages besteigen, das Gesicht dem Himmel zugewandt. Wenn du oben angelangt bist, gräbst du etwas von der Erde aus. Die bringst du mit nach Hause und vermischst sie mit Wasser. Ihr müßt beide davon trinken. Es hat noch nie versagt.«

Der junge Mann entschied, daß es einen Versuch lohnte. Als er vier Freunde gefunden hatte, die sich bereit erklärten, ihn zu begleiten, machten sie sich auf den Weg zum Djebel Harhar.

Am folgenden Tag begab sich Hadidan Aharam zum Zimmer der jungen Frau und klopfte an die Tür. Als sie die Tür öffnete, lächelte er sie an.

»Darf ich einen Augenblick mit dir reden?« fragte er.

»Setz dich«, antwortete das Mädchen.

»Ich habe gehört, daß du gerne ein Kind hättest, aber es klappt nicht«, fuhr Hadidan Aharam fort.

»Das stimmt. Ich bekomme keins.«

»Verzeih, wenn ich davon spreche, aber ich verstehe eine Menge davon. Ich hatte Angst zu dir zu kommen, denn du könntest es mißverstehen. Aber wenn ich dich untersuchen dürfte, würde ich dir vielleicht helfen können.«

»Nun gut«, sagte das Mädchen.

»Zieh dich einfach aus und leg dich auf das Bett. Vielleicht kann man etwas tun.«

Die junge Frau willigte ein. Zuerst gab er ihr ein großes Stück majoun und riet ihr, etwas Heißes dazu zu trinken. Sie befahl einer Sklavin, Tee zu bringen, den sie zu dem majoun trank. Wenig später stand sie auf, zog alle ihre Kleider aus und legte sich auf das Bett. Nachdem Hadidan Aharam sich entkleidet hatte und vor dem Bett stand, war er so erregt, daß er schon bei ihrem bloßen Anblick kam. Schließlich fiel er neben ihr aufs Bett und machte mit ihr, was er wollte.

Als sie fertig waren, war die junge Frau glücklich und küßte ihn immer wieder.

Der Pascha hatte sich im Nebenzimmer versteckt und das Ganze durch ein Loch in der Wand beobachtet. Er sah, wie Hadidan Aharam aufstand, sich anzog und den Raum verließ.

Als der Ehemann mit der Erde vom Djebel Harhar zurückkam, brachte er diese zu seiner Frau, verrührte sie mit Wasser und trank sie mit ihr.

Später machte der junge Mann einen Spaziergang durch den Garten und traf den Pascha, der die Stirn runzelte.

»Ich würde Hadidan Aharam gern eine Lektion erteilen, die er nie wieder vergißt«, sagte der Pascha.

»Aber warum?« fragte der junge Mann.

»Er ist immer hinter den Weibern her, vor allem hinter den verheirateten. Was glaubst du, warum ich mich von meiner ersten Frau getrennt habe? Weil ich den Verdacht hatte, daß ihre beiden Kinder von ihm sind. Dieser Hadidan Aharam macht mir Sorgen, ich fürchte, auch deine Frau ist nicht ganz sicher vor ihm.«

»Was?« rief der andere. »Ich habe gesehen, wie er aus ihren Zimmer kam.«

»Ich bringe ihn um!«

»Nein, nein«, sagte der Pascha. »Es ist nicht seine Schuld. Es ist ihre Schuld. Aber wir werden ihm einen Streich spielen und unseren Spaß mit ihm haben. Warum vergewaltigen wir ihn nicht beide von hinten?«

»Gut!« sagte der junge Mann.

Der Pascha klatschte in die Hände und rief eine Sklavin. »Geh und hol uns Hadidan Aharam!« befahl er, und die Sklavin eilte davon.

Hadidan Aharam erschien in der Tür. »Komm herein«, sagte der Pascha, und Hadidan Aharam schloß die Tür hinter sich zu.

Der Pascha wandte sich Hadidan Aharam zu. »Du hast alles getan, was du wolltest, nicht wahr? Jetzt sind wir dran. Jetzt werden wir tun, wozu wir Lust haben.«

»Was meint ihr damit: wozu ihr Lust habt?« sagte Hadidan Aharam. Der junge Mann rief verärgert: »Ich will es dir sagen: Der Raum im Raum. Da will ich schlafen.«

»Und was ist der Raum im Raum?«

»Das, was ich will«, sagte der junge Mann.

»Aha, ich verstehe«, sagte Hadidan Aharam. »Du meinst nicht, daß Dunkles im Dunklen Dunkelheit erzeugt, oder?«

43

Der junge Mann verstand nicht. Hadidan Aharam lachte. »Das ist alles, was ich wollte und auch bekam.«

»Was ich will, ist folgendes«, sagte der Pascha: »Augen zu, ein zerwühltes Bett und ein Riß in der Tasse.«

»Kannst du mir das erklären?« fragte Hadidan Aharam.

»Mit größter Freude«, antwortete der Pascha. »Ein andermal.«

Hadidan Aharam war böse. »Seht hin und seht weg«, sagte er. »Und ihr werdet sehen.«

»Nun gut. Du kannst wieder an die Arbeit gehen«, sagte der Pascha.

Hadidan Aharam ging in den Garten hinaus, versteckte sich im Gebüsch neben dem Fenster und lauschte.

Die beiden Männer unterhielten sich, und Hadidan Aharam hörte, wie der Pascha sagte: »Ich werde ihn zum Abendessen einladen. Wir werden das Pulver vorher zubereiten und es ihm ins Essen tun. Dann können wir mit ihm machen, was wir wollen. Wir werden ihm das Hirn aus dem Darm ziehen.«

»Wann sollen wir es machen?« fragte der junge Mann. »Samstag, Sonntag. Wir machen es Montag«, sagte ihm der Pascha. »Aber bis dahin müssen wir Hadidan Aharam im Auge behalten.«

Als Hadidan Aharam sah, daß sie sich verabschiedeten, schlich er sich davon und wandte sich seiner Arbeit im Garten zu.

Während er Unkraut jätete und die Rosen schnitt, sah er auf und erblickte in einiger Entfernung die junge Frau, die auf ihn zukam. Als sie in seiner Nähe war, lächelte sie ihn an. »Ich würde dich gerne wiedersehen«, sagte sie.

»Wenn du mich wirklich wiedersehen und die ganze Nacht mit mir verbringen willst, mußt du mir helfen«, sagte er ihr. Sie sah ihn verwirrt an. »Wie soll ich dir helfen? Wobei helfen?«

»Ich werde dir etwas bringen. Du wirst es in das tajine tun und den beiden zu essen geben, deinem Mann und dem Pascha. Danach komme ich dich besuchen. Ich gebe es dir am Montagmorgen. Einverstanden?«

»Gut!« sagte sie.

Der Pascha schickte einen Boten zu Hadidan Aharam und lud ihn für Montag zum Abendessen ein.

Am Montagmorgen brachte Hadidan Aharam ein Päckchen mit einem Pulver zur Arbeit, das viele für Gift halten. Und es ist in der Tat ein Gift, wenn auch nicht von der Art, die tötet oder verletzt. Wenn man es nimmt, schläft man nur viele Stunden. Es ist ein harmloses Gift. Als das Mädchen im Garten an ihm vorbeiging, gab er es ihr.

Sie bereitete ein köstliches tajine und rührte das Gift in die Sauce. Mittlerweile bereiteten der Pascha und der junge Mann vor, was sie Hadidan Aharam zugedacht hatten, und der junge Ehemann schüttete es in die Teekanne.

Als es Zeit zum Essen war, erschien Hadidan Aharam, und die drei Männer nahmen Platz. Die junge Frau selbst tischte das Essen auf. Der Pascha und sein Freund begannen, von dem tajine zu essen, und Hadidan Aharam und das Mädchen taten, als würden sie essen, während sie in Wirklichkeit andere Dinge zu sich nahmen, die die junge Frau dazu serviert hatte. Keine zehn Minuten, nachdem sie fertig waren, fielen die beiden Männer am Tisch in einen tiefen Schlaf. Hadidan Aharam stand auf und nahm den Pascha in seine Arme. Er trug ihn in sein Schlafgemach, legte ihn aufs Bett, zog ihn völlig aus. Dann holte er den Ehemann, zog auch ihn aus und warf ihn aufs Bett neben den Pascha.

»So«, sagte Hadidan Aharam und sah auf die beiden hinab. Die Nacht verbrachte er bei der jungen Frau.

Am Morgen stand er auf und ging seiner Arbeit im Garten nach wie üblich. Der Pascha wachte auf und sah seinen Freund neben sich liegen. Auch der junge Mann wachte auf, und beide starrten sich an.

In diesem Augenblick öffnete die junge Frau die Tür. Die beiden lagen immer noch nackt auf dem Bett und sahen sich an. Die junge Frau stieß einen lauten Schrei aus, schlug die Hände über den Kopf zusammen und lief davon.

Der Pascha sagte: »Was ist passiert?«

»Du kannst doch selbst sehen, was passiert ist«, erwiderte der andere. »Hier liegen wir zusammen im Bett, und sie hat uns gesehen.«

Es klopfte an der Tür. Der junge Mann öffnete. Hadidan Aharam stand vor ihm. »Guten Morgen«, sagte er. »Guten Morgen. Was ist letzte Nacht geschehen?« fragten sie.

»Wollt Ihr sagen, daß Ihr Euch nicht daran erinnern könnt?« gab Hadidan Aharam zurück.

»An gar nichts.«

»Nun, wir haben unser Abendessen eingenommen, und ihr habt etwas Haschisch zum Tee geholt, und wir waren alle glücklich und lachten. Dann habt ihr mich gerufen und gesagt, wir sollten alle drei ins Nebenzimmer gehen. Und als wir dort ankamen, habt ihr euch ausgezogen. Ihr wolltet, daß ich mit euch schlafe. Schließlich habe ich es getan, aber nur weil Ihr mich so lange gedrängt habt. Mir ist mittlerweile klar, daß Ihr sehr lasterhafte Gewohnheiten habt, doch da Ihr mir versprochen habt, mich reichlich zu entlohnen, habe ich es euch besorgt. Aber jetzt brauche ich das Geld.«

»Was sagst du da?« riefen sie.

»So ist es. Ich brauche es jetzt«, sagte Hadidan Aharam. »Und vergeßt nicht, daß ich einen großen Mund und eine laute Stimme habe.«

»Wieviel?« fragten sie ihn.

»Wie soll ich das wissen? Ihr habt mir beide eine Menge versprochen, das ist alles, was ich weiß.«

Der Pascha gab ihm alles, was er in seinem Geldbeutel hatte, und der junge Mann tat es ihm nach, in der Hoffnung, Hadidan Aharam würde das, was er über die letzte Nacht wußte, für sich behalten.

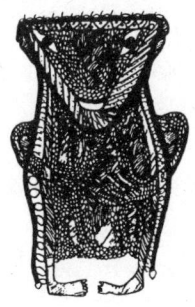

DIE MÜHLSTEINE

Nachdem seine Mutter gestorben war, beschloß Hadidan Aharam, sich eine andere Stadt zu suchen, wo er wohnen und arbeiten konnte. Eine Weile zog er von einem Ort zum anderen, bis er in eine Stadt kam, die ihm gefiel. Es gab nur ein Tor, durch das die Menschen die Stadt betraten und verließen. Es wurde bei Sonnenuntergang geschlossen und am Morgen wieder geöffnet, und der einzige Laden, den er hatte mieten können, war in die Stadtmauer hineingebaut, direkt neben dem Tor, so daß man ihn nicht sehen konnte, wenn das Tor geöffnet war. Erst wenn das Tor am Abend geschlossen wurde, konnte Hadidan Aharam seinen Laden öffnen. Manchmal verkaufte er etwas, und manchmal verkaufte er nichts, denn abends waren nicht allzu viele Menschen auf der Straße.

Eines Nachts beschloß der Kalif der Stadt, einen Spaziergang zu machen. Er sah das schwache Licht in Hadidan Aharams Bude und trat hinein.

»Salaam aleikoum.«

»Aleikoum salaam.«

»Was machst du hier zu so später Stunde?« fragte ihn der Kalif.

»Ich versuche Geschäfte zu machen«, antwortete Hadidan Aharam.

»Geschäfte, um diese Zeit? Wer soll denn jetzt noch etwas kaufen?«

»Menschen wie du. Willst du etwas kaufen?«

»Nein, nein«, sagte der Kalif. »Ich brauche gar nichts.«

»Nimm trotzdem Platz«, sagte Hadidan Aharam, der nicht die leiseste Ahnung hatte, wer sein Besucher war.

»Na gut.«

Hadidan Aharam brachte Tee und Kif, und der Kalif trank und rauchte. Nach einer Weile drehte er sich zu Hadidan Aharam und fragte: »Bist du verheiratet?«

»Nein, ich lebte mit meiner Mutter zusammen, aber sie ist vor kurzem gestorben. Und du? Bist du verheiratet?«

»Ja, ich bin verheiratet«, sagte der Kalif. »Ich wohne in dem großen Haus dort drüben, auf der anderen Seite des Platzes.«

»Wie schön. Hast du Kinder?«

»Nein.«

»Schläfst du jede Nacht mit deiner Frau?«

»Nein, nicht jede Nacht«, antwortete der Kalif. »Hin und wieder. Einmal in der Woche vielleicht.«

»Wenn ich eine Frau hätte, würde ich jeden Tag mit ihr schlafen«, sagte Hadidan Aharam. »Und wenn sie eine Seite satt hätte, würde ich die andere nehmen.«

»Wie das?« sagte der Kalif. »Was meinst du damit?«

»Frauen haben zwei Seiten, nicht wahr?«

Der Kalif runzelte die Stirn und sagte: »So weit ich weiß, kommt man nur von einer Seite zu einer Frau, nämlich von vorne.«

»Aber es gibt auch die Rückseite«, entgegnete Hadidan Aharam. »Hast du sie bei deiner Frau nie benutzt?«

»Niemals!« rief der Kalif.

»Dann solltest du es versuchen«, sagte Hadidan Aharam.

Der Kalif runzelte aufs neue die Stirn. Dann erhob er sich, wünschte gute Nacht und ging nach Haus. Dort zog er sich aus und legte sich zu seiner Frau. Die ganze Zeit dachte er daran, was Hadidan Aharam ihm gesagt hatte. Er begann, sie zu streicheln und flüsterte ihr beim Küssen zu: »Ich möchte die andere Seite ausprobieren.«

»Was?« rief seine Frau.

»Die andere Seite«, sagte er und fuhr mit der Hand über ihr Hinterteil.

»Nie im Leben hast du mir derartiges gesagt! Nach all diesen Jahren hast du nichts anderes im Kopf? Schämst du dich denn gar nicht? Irgend jemand hat dir diesen Floh ins Ohr gesetzt. Wer war es?«

Dem Kalifen war es peinlich. »Ich habe mit dem Mann gesprochen, der das Geschäft neben dem Stadttor gemietet hat.«

Seine Frau sagte nur: »Ha!« Und dachte bei sich: »Diesen Kerl werde ich aus der Stadt jagen.«

Am Morgen schickte sie eine Handvoll Soldaten zu Hadidan Aharams Laden. Sie erklärten, die Frau des Kalifen habe angeordnet, daß er die Stadt sofort verlassen müsse.

Hadidan Aharam begriff nicht, was los war. »Wo wohnt der Kalif?« fragte er die Soldaten.

»In dem großen Haus auf der anderen Seite des Platzes«, sagten sie ihm. »Aber es hat keinen Zweck, seine Frau aufzusuchen.«

»Na gut«, sagte Hadidan Aharam, der jetzt alles verstand. Er fing an, seine Sachen aus dem Laden zu bringen, und führte seinen Esel zu dem Platz vor dem Haus des Kalifen. Bald sah er, wie die Frau des Kalifen aus dem Fenster schaute. Er nahm zwei Mühlsteine und lud sie beide in eine der Satteltaschen. Das Gewicht zog den Sattel herunter, so daß alles zu Boden fiel.

Hadidan Aharam versuchte nochmals, beide Mühlsteine in einer Satteltasche zu transportieren, und wieder rutschte der Sattel weg. Als er dies zum viertem Mal durchexerziert hatte, rief die Frau aus dem Fenster:

»So geht es nicht! Lade den einen auf die eine Seite und den anderen auf die andere.«

»Ja, ja, lalla. Ich weiß. Du darfst so etwas sagen, aber als ich es sagte, hast du mich aus der Stadt jagen lassen.«

Die Frau lachte. Dann schickte sie Soldaten zu Hadidan Aharam, um ihm zu sagen, daß er bleiben dürfe. Nicht nur das, sie überredete den Kalifen auch, ihm eine Arbeit im Haus zu geben, was besser war, als in dem kleinen Laden hinter dem Stadttor Geschäfte machen zu wollen.

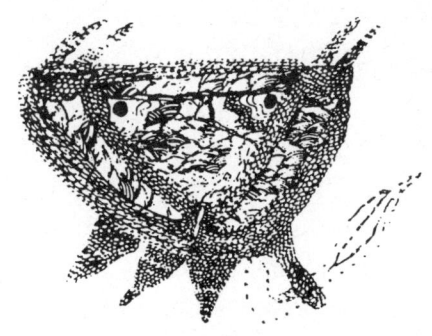

DAS SCHACHSPIEL

Jeden Morgen begab sich Hadidan Aharam in aller
Frühe zum Haus des Kalifen, nahm alle Körbe und ging
zum souq, um das Essen für den Haushalt zu kaufen.
Wenn aus einer anderen Stadt Ware für den Kalifen
eintraf, holte er sie ab und brachte sie zu dem Haus
neben dem großen Platz.

Eines Tages stritt sich der Kalif mit seiner Frau. Dies
machte ihn stets sehr traurig, und als Hadidan Aharam
zur Arbeit kam, warf er einen Blick auf den Kalifen und
sagte: »Heute siehst du bedrückt und bleich aus. Ist
irgend etwas passiert?«

»Ich wäre dir sehr zu Dank verpflichtet, wenn du mir
helfen könntest«, antwortete der Kalif.

»Gern, aber wie?«

»Ich habe mich meiner Frau gegenüber sehr schlecht
benommen«, sagte der Kalif.

»Was hast du getan?« fragte Hadidan Aharam.

»Du weißt, daß sie einige Tage fort war, um ihre Mutter zu besuchen, und als sie zurückkam, fand sie einen Fleck auf der Bettwäsche. Also glaubt sie, daß ich während ihrer Abwesenheit eine Frau im Bett hatte. Und natürlich hat sie recht. Jetzt schreit sie und weint, und es steht nicht gut.«

»Ist das alles?« fragte Hadidan Aharam.

»Ja, das ist die ganze Geschichte.«

»Wo ist deine Frau?« fragte Hadidan Aharam.

»Drüben, in ihrem Zimmer.«

Hadidan Aharam ging zu ihrer Tür und klopfte.

»Herein«, sagte sie, und Hadidan Aharam trat ein.

»Sbahalkheir, lalla.« Und sie begrüßten sich ausgiebig. Dann fragte die Frau des Kalifen: »Was ist, Hadidan Aharam?«

»Du warst drei Tage weg, nicht wahr?« sagte Hadidan Aharam. »Und jeden Abend saßen dein Mann und ich zusammen und haben Schach gespielt. In der ersten Nacht haben wir zwei Partien gespielt, und ich habe beide gewonnen. In der zweiten Nacht geschah dasselbe, und in der dritten Nacht haben wir drei Partien gespielt, und irgendwann bin ich gegangen, weil ich sah, daß er am Tisch eingeschlafen war. Ich sage dir das, weil wir um Geld gespielt haben, aber das Dumme ist, er will mir das Geld, das ich gewonnen habe, nicht geben.«

»Ich verstehe«, sagte sie, »aber ich habe mich mit ihm gestritten.«

»Tatsächlich? Warum?«

»Weil ich glaubte, daß er eine andere Frau hatte, als ich weg war.«

»Eine Frau? Oh, nein!« sagte Hadidan Aharam. »Nein, lalla, hier war keine Frau. Hier war überhaupt niemand.«

Die Frau des Kalifen dachte einen Augenblick nach. Als Hadidan Aharam gegangen war, suchte sie ihren Mann auf. »Es tut mir leid«, sagte sie. »Ich will mich entschuldigen. Aber da gibt es noch etwas.«

»Und das wäre?«

»Ich war drei Tage weg.«

»Das stimmt.«

»Und du hast jede Nacht mit Hadidan Aharam Schach gespielt.«

»Genau!« rief der Kalif. »So war es.«

»Und er hat jedesmal gewonnen, oder nicht?«

»Ja.«

»Und ihr habt um Geld gespielt, stimmt es?«

»Ich glaube ja.«

»Warum willst du dann deine Spielschulden nicht bezahlen?« fragte sie.

»Oh! Natürlich will ich meine Schulden bezahlen«, stotterte der Kalif.

Er ging und nahm zwei kleine Beutel voller Münzen, die er Hadidan Aharam überreichte. Die Frau war zufrieden, der Kalif war entzückt, und Hadidan Aharam trug das Geld nach Hause.

DAS BROT

Hadidan Aharam wurde es leid, für den Kalifen zu arbeiten, und er beschloß, sich eine Zeitlang als Holzfäller zu verdingen. Zur gleichen Zeit nahm er sich eine Frau. Vormittags arbeitete er im Wald und mittags ging er zum Essen nach Hause.

Eines Tages kam er nach Hause und mußte feststellen, daß es kein Brot zum Essen gab. Er wandte sich an seine Frau und sagte: »Was soll das? Wieso gibt es kein Brot?«

»Es ist noch im Ofen«, antwortete sie. »Ich habe es heute früh zum Bäcker gebracht. Du würdest dir keinen Zacken aus der Krone brechen, wenn du es abholtest.«

Hadidan Aharam war wütend. »Warum hast du es nicht früher hingebracht? Wenn ich nach Hause komme, will ich mein Brot. Ich habe keine Lust, darauf warten zu müssen. Ich muß zurück zur Arbeit.«

»Nun, dann geh und hol es«, sagte seine Frau.

Hadidan Aharam nahm den Topf mit dem Essen vom Feuer und warf ihn seiner Frau ins Gesicht. Dann schlug er die Tür zu und machte sich auf dem Weg zum Bäcker, der ein paar Straßen weiter im selben Viertel wohnte. Dort erfuhr er, daß der Bäcker sein Brot noch nicht einmal in den Ofen geschoben hatte.

»Wieso ist mein Brot nicht im Ofen?« fragte er.

»Die Brote werden in derselben Reihenfolge in den Ofen geschoben, wie sie hier eintreffen«, erklärte der Bäcker. »Ich kann dein Brot nicht als erstes backen, wenn es als letztes hier eintrifft. Wenn es dir nicht paßt, wie ich arbeite, dann geh und bring dein Brot zu jemand anderem.«

Damit wandte sich der Bäcker ab und setzte sich neben einen Juden, mit dem er sich unterhalten hatte, ohne Hadidan Aharam noch weiter Aufmerksamkeit zu schenken.

Hadidan Aharam sann auf Rache. Er drängte sich in den Laden und begann, den Bäcker zu beschimpfen. Darauf sah der Jude auf und sagte: »Es hat keinen Zweck sich aufzuregen. Dein Brot wird gebacken, wenn es an der Reihe ist. Du bekommst es, wenn es fertg ist.«

»Was weißt du schon, du Jude!« rief Hadidan Aharam. Mit einem Mal griff er nach der Brotschaufel, die der Bäcker in der Hand hielt und versuchte, sie ihm wegzunehmen. Während sie darum kämpften, bohrte sich das Ende des Griffs in das Auge des Juden, und er fiel mit einem lauten Schrei zu Boden.

Hadidan Aharam beugte sich über ihn und sah, daß er ein Auge verloren hatte. Er lief auf die Straße und rannte, bis er aus der Stadt war.

Am Flußufer stand eine Frau mit ihrem Esel. Die Beine des Esels waren im Schlamm versunken, und die Frau versuchte, ihn herauszuziehen. Hadidan Aharam blieb stehen und ging hin, um ihr zu helfen. Er packte den Esel mit beiden Händen am Schwanz. »Jetzt zieh«, sagte er. Doch als der Esel und die Frau sich abmühten, hielt Hadidan Aharam plötzlich den Schwanz in der Hand. Darauf stieß die Frau einen lauten Schrei aus. Hadidan Aharam warf ihr den Schwanz ins Gesicht und lief weiter.

Bald entdeckte er einen Hügel in einiger Entfernung von der Straße. Er lief hin und kletterte hinauf, bis er den Gipfel erreicht hatte. Auf der einen Seite fiel der Hang steil ab. Hadidan Aharam setzte sich an den Rand, um nachzudenken.

Er zog seine sebsi und seine naboula aus der Tasche und rauchte. Das Gesicht meiner Frau ist verbrüht, dachte er, der Jude hat sein Auge verloren, und der Esel hat keinen Schwanz mehr. Mir bleibt nichts anderes übrig, als mich diesen Abhang hinunterzustürzen. Das ist die einzige Lösung. Aber gemach. Zuerst rauche ich noch eine Pfeife.

Am Fuß des Felsens stand ein kleines Haus, in dem ein sehr alter Mann mit seinen beiden Söhnen lebte. Jeden Tag trugen die Söhne ihren Vater nach draußen und setzten ihn in die Sonne, damit er die Welt betrachten konnte, und nach einer Weile holten sie ihn wieder hinein.

Hadidan Aharam rauchte noch eine Kifpfeife, steckte die naboula in die Tasche und stand auf. Dann sprang er von dem Felsen und landete genau auf dem alten Mann, der dort unten in der Sonne saß. Die Söhne stürzten aus dem Haus und sahen Hadidan Aharam auf ihrem Vater sitzen. Er war tot.

Sie fesselten Hadidan Aharam und brachten ihn zu dem Kalifen, der damit beschäftigt war, den Klagen von Hadidan Aharams Frau, denen des Juden und der Frau mit dem Esel zu lauschen.

Der Kalif musterte Hadidan Aharam: »Was soll das alles?« fragte er.

Hadidan Aharam antwortete: »Sidi, so ist es geschehen, ich kann nichts dafür.«

»Was war mit dir und deiner Frau?«

»Sidi, du weißt, wenn ein Mann eine Frau heiratet, erwartet er, daß sie seine Gewohnheiten und Vorlieben übernimmt. Ich stehe jeden Morgen um sechs auf, um zur Arbeit zu gehen, und komme mittags nach Hause. Dort muß alles fertig sein, damit ich danach wieder zur Arbeit gehen kann. Ich will nicht, daß mir meine Frau sagt, ich soll mir mein Brot selbst holen. Heute ist mir der Kragen geplatzt, also habe ich sie geschlagen.«

Der Kalif wandte sich an Hadidan Aharams Frau und fragte: »Stimmt das?«

»Ja, sidi.«

»Dann geh jetzt nach Hause«, befahl er.

Als sie weg war, sagte der Kalif zu Hadidan Aharam: »Nun gut, ich werde dich deswegen nicht bestrafen, aber was war das mit dem Juden?«

»Sidi, er stand hinter mir, ich konnte ihn nicht mal sehen. Als der Bäcker versuchte, mich mit der Brotschaufel zu schlagen, habe ich danach gegriffen, dabei muß die Schaufel dem Juden ins Gesicht geschlagen sein. Als ich mich bückte, um zu sehen, was er hatte, merkte ich, daß er ein Auge verloren hatte. Sidi, jeder weiß, daß ein Auge eines Moslems ebenso viel wert ist wie zwei eines Juden. Wenn er will, kann er mir ein Auge ausschlagen, und ich schlage ihm auch sein anderes Auge aus. Auf diese Weise werden wir quitt sein.«

Der Kalif wandte sich an den Juden: »Was meinst du dazu, Jude?«

»Was, sidi?«

»Nun, bist du damit einverstanden? Willst du Hadidan Aharam ein Auge ausschlagen und uns dafür dein anderes Auge geben? Willst du das?«

»Nein, sidi el kalifa. Ich bin zufrieden, wie es ist. Nein, nein. Alles ist in Ordnung.«

»Nun gut, dann kannst du gehen.« Und der Jude verließ den Raum.

»So, das wäre erledigt«, sagte der Kalif. »Und der Esel dieser Frau? Was hast du dazu zu sagen, Hadidan Aharam?«

»Sidi, der Esel steckte tief im Schlamm des Flusses, und ich wollte ihr helfen. Doch als ich den Esel am Schwanz packte und er einen Sprung tat, hatte ich den Schwanz plötzlich in der Hand. Das einzige, was ich tun kann, ist meinen Esel dorthin zu bringen, wo ihrer war, und versuchen, ihn am Schwanz aus dem Schlamm zu ziehen. Wenn ich ihn ausreiße, sind wir quitt. Und wenn er ihn behält, ist es auch gut.«

Der Kalif sagte zu der Frau: »Bist du damit einverstanden?«

»Nein, gewiß nicht«, antwortete die Frau. »Was geht es mich an, ob er seinem Esel den Schwanz ausreißt oder nicht? Ich habe keine Zeit für solche Kindereien.«

»Nun gut«, sagte der Kalif. »Dann kannst du gehen.«

Er wandte sich an Hadidan Aharam. »Doch nun zu einer ernsten Angelegeheit. Was ist mit dem Mann, den du getötet hast?«

»Verzeih, sidi«, sagte Hadidan Aharam. »Könnte ich ein Glas Wasser haben?«

»Natürlich.« Und der Kalif schickte einen Sklaven nach Wasser. Hadidan Aharam setzte sich auf den Boden und trank. Dann zog er seine sebsi und seinen mottoui aus der Tasche und rauchte ein paar Pfeifen. Schließlich reichte er die Pfeife dem Kalifen. »Hier, rauch mit mir«, sagte er.

»Nein«, antwortete der Kalif. »Im Moment habe ich keine Lust zu rauchen.« Hadidan Aharam rauchte noch ein paar Pfeifen und steckte die sebsi weg.

»Den Mann, den ich getötet habe? Ich will es dir sagen, sidi. Als ich sah, was ich angerichtet hatte, stieg ich auf diesen Felsen, um mich umzubringen. Ich sprang hinunter, aber als ich unten ankam, landete ich auf etwas Weichem. Und als ich mich wunderte, warum ich nicht tot war, bemerkte ich den alten Mann unter mir. Er war tot statt meiner. Wie alt war der Mann?«

Einer der Söhne antwortete: »Unser Vater war hundertein Jahre alt.«

»Hör zu, sidi«, sagte Hadidan Aharam zum Kalifen. »Er war hunderteins und ich bin einunddreißig. Sie sollen mich bei ihnen aufnehmen und mich so behandeln wie ihren Vater, und wenn ich einhundertein Jahre alt bin, können sie auf den Felsen steigen und auf mich hinunterspringen, alle beide, wenn sie wollen. Wenn mich das tötet, so ist es gut. Und wenn nicht, umso besser.«

»Habt ihr gehört, was Hadidan Aharam vorgeschlagen hat?« fragte der Kalif die beiden Söhne. »Was habt ihr dazu zu sagen?«

»Wie sollen wir diesen Mann bei uns aufnehmen, ihn wie unseren Vater behandeln und dann auf ihn springen? Was ist, wenn wir dabei selbst umkommen?«

»Eine andere Lösung gibt es nicht«, sagte der Kalif.

»Vielleicht ist es besser, die Dinge so zu lassen, wie sie sind«, sagten sie.

»Dann könnt ihr gehen«, antwortete der Kalif, und sie gingen ihres Weges.

Nachdem alle fort waren, blieb der Kalif noch eine Weile sitzen und betrachtete Hadidan Aharam. Schließlich sagte er: »Ich weiß nicht so recht. Jeder sagt mir, du seist verrückt.«

»Sidi, ich bin verrückt, wenn die anderen auch verrückt sind. Wenn sie normal sind, bin ich es auch.«

»Ich verstehe«, sagte der Kalif. »Du kannst gehen!«

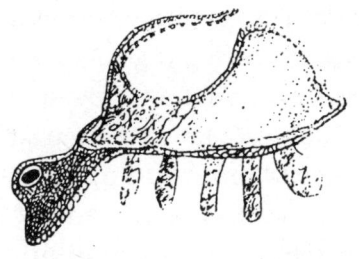

DER HUND

Eines Tages lag Hadidan Aharam in der Sonne vor seinem Haus und rauchte Kif. Sein Hund, der Räude hatte, lag neben ihm. Als die Sonne auf das Fell des Hundes brannte, begann dieser sich zu kratzen. Hadidan Aharam beobachtete ihn eine Weile und lachte. Er wälzte sich herum, sehr bekifft, und rief nach seiner Frau.

»Nimm das Halsband und die Leine und leg sie dem Hund um«, befahl er ihr. »Geh mit ihm zum Markt und setz dich in die Sonne. Ich komme nach. Ich bringe mir einen Stuhl mit und setze mich dir gegenüber. Dann komme ich zu dir und frage dich, wieviel du für das Tier haben willst, und du nennst eine hohe Summe. Hast du verstanden?«

Die Frau nickte und ging mit dem Hund zur joteya, wo sie sich in die Sonne setzte. Wenig später erschien Hadidan Aharam mit einem Stuhl. Er stellte ihn auf die

67

andere Seite des Platzes und setzte sich so, daß er seine Frau sehen konnte. Ein gut gekleideter Mann stand in der Nähe. Hadidan Aharam zog seine sebsi aus der Tasche und rauchte. Er rauchte ein paar Pfeifen, und als er den Blick des Mannes auffing, bot er ihm die sebsi und die naboula an. Der Mann rauchte eine Pfeife, und als er merkte, daß der Kif sehr gut und sehr stark war, rauchte er noch mehr.

Die Sonne glühte auf den Platz der joteya, und der Hund versuchte, sich an mehreren Teilen seines Körpers gleichzeitig zu kratzen. Hadidan Aharam brach in lautes Gelächter aus. Der Mann sah ihn an und lachte mit. Dann hielt er inne und fragte Hadidan Aharam: »Was ist denn eigentlich so komisch?«

»Ich habe etwas sehr Seltsames gesehen«, antwortete Hadidan Aharam und schüttelte den Kopf. Und da der Mann nicht verstand, erklärte er: »Der Hund dort drüben! Was für ein Hund!«

»Dieser da? Was ist an ihm so Besonderes?«

»Was an diesem Hund Besonderes ist?« rief Hadidan Aharam. »Sieh ihn dir an! Dieser Hund kennt die Tänze fast aller Länder dieser Welt.«

»Wie das?« wollte der Mann wissen.

»Es ist wahr. Ich beobachte ihn schon seit einigen Tagen, so einen Hund habe ich noch nie gesehen.«

»Sehr interessant. Ich habe einen Sohn, der Tanz studiert. Ich habe große Hoffnungen für seine Zukunft.«

»Ich gehe hin und frage, wieviel die Frau für ihn haben will«, sagte Hadidan Aharam. »Wenn der Preis nicht zu hoch ist, werde ich ihn kaufen. Ich muß diesen Hund haben.«

Hadidan Aharam stand auf und ging quer über den Platz. Der andere blieb, wo er war, und dachte daran, daß ein solcher Hund seinem Sohn ein guter Lehrmeister sein könnte.

Hadidan Aharam ging auf seine Frau zu. »Guten Tag, lalla. Wieviel willst du für den Hund haben?«

»Hundert dananir«, sagte sie.

»Dummkopf!« flüsterte er. Dann rief er mit lauter Stimme: »Was? Zweihundert dananir? Das ist viel zu viel!«

Er ging dorthin zurück, wo der Mann auf ihn wartete. »Sie verlangt zweihundert dananir«, sagte er. »Das ist ein Vermögen. Ich warte eine Weile und versuche dann, sie herunterzuhandeln.«

Hadidan Aharam setzte sich auf seinen Stuhl. Der Mann ging über den Platz, um sich den Hund anzusehen, zog rasch zweihundert dananir aus der Tasche und drückte sie Hadidan Aharams Frau in die Hand. Als er den Hund wegführte, sagte Hadidan Aharam, der sehr traurig darüber schien, daß er den Hund nicht selbst hatte kaufen können: »Ich beobachte den Hund schon lange, und mir ist aufgefallen, daß er in der Sonne besser arbeitet. Wenn du nach Hause kommst, mußt du ihn in die Sonne bringen.«

Der Mann bedankte sich bei Hadidan Aharam und nahm den Hund mit nach Hause, wo er ihn in den sonnigen patio führte. Bald kam der Sohn des Mannes von der Schule nach Hause. Sein Vater erwartete ihn an der Tür und sagte: »Mein Sohn, ich habe dir etwas Wunderbares mitgebracht. Es hat mich zweihundert dananir gekostet. «

»Was ist es, Baba?«

»Komm, ich zeige es dir.«

Sie gingen in den patio, wo der arme Hund in der Sonne lag und versuchte, sich sämtliche Körperteile auf einmal zu kratzen. Er hatte sich so lange gekratzt, daß er blutete.

»Dieser Hund kennt alle Tänze der Welt«, sagte der Mann.

»Aber Vater. Er ist krank. Er hat die Räude.«

»Ist das alles, was du mir zu sagen hast, nachdem ich all das Geld geopfert habe, um dir ein Geschenk zu machen? Für diesen Hund habe ich zweihundert dananir ausgegeben.«

»Was ist los mit dir, Baba?« fragte der Junge. »Soll das ein Witz sein? Du hast doch nicht zweihundert dananir für einen Hund ausgegeben, der die Räude hat? Dieser Hund ist keinen halben dananir wert.«

»Schämst du dich nicht, deinem Vater so etwas zu sagen?«

Der Junge ging hinaus und traf zwei Schulfreunde, die er mit nach Hause nahm. »Wir werden den Hund in ein Schwefelbad stecken«, sagte er zu seinen Kameraden. »Und danach werden wir ihn mit dieser Salbe einreiben, heute und morgen und den Tag danach.«

Die Jungen halfen ihm, und am vierten Tag führte er den Hund in die Sonne. Er blieb ruhig liegen. Nach mehreren Stunden rief der Sohn seinen Vater.

»Warum tanzt er jetzt nicht mehr?« fragte er ihn. »Nicht der Hund kennt die Tänze, sondern der Mann, der ihn dir verkauft hat.«

»Weißt du was, mein Sohn? Ich glaube, du hast recht. Dieser Hundesohn hat mich übers Ohr gehauen!«

»Mach dir nichts draus, Vater. Die meisten Männer in deinem Alter sind dumm.«

Hadidan Aharam ließ es sich gutgehen. Er blieb zu Hause bei seiner Frau, aß jeden Tag Lamm und Huhn, und zwischendurch rauchte er Kif und trank Tee. Und dies ging so fort, bis eines Tages die zweihundert dananir aufgebraucht waren.

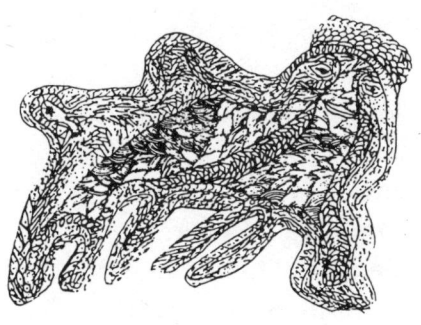

DIE RATTE

Hadidan Aharam hatte sein ganzes Geld ausgegeben und arbeitete wieder im Haus des Kalifen, wo er bei Tisch bediente und für den Kalifen Botschaften überbrachte. Frühmorgens erhitzte er das Badewasser für seinen Herrn und brachte ihm Frühstück. Mittlerweile glaubte jedermann, daß Hadidan Aharam verrückt sei. Auch wenn der Kalif über ihn sprach, bezeichnete er ihn als unzurechnungsfähig. Wahrscheinlich lag es daran, daß er alles falsch machte und nicht zu verstehen schien, was man ihm sagte. Außerdem war er entzückt, wenn alle Leuten ihn für verrückt hielten. Er fuhr in seiner Arbeit fort, ohne auch nur aufzusehen, während er im stillen große Pläne schmiedete, und all seine Pläne richteten sich gegen andere Menschen. Er hatte keinen einzigen Freund weit und breit.

Der Kalif dachte oft über Hadidan Aharam nach und fragte sich, ob er wirklich verrückt war. Eines Tages beschloß er, ihn zu rufen und ihm einige Fragen zu stellen.

Hadidan Aharam stand vor dem Kalifen. »Ja, sidi?«

»Ich will dir ein paar Fragen stellen«, sagte der Kalif.

»Was für Fragen?«

»Woher kommt das Wasser?«

»Aus den Bergen«, antwortete Hadidan Aharam.

»Und wie kommt es aus den Bergen?«

»Sidi el kalifa, es gibt Quellen und Brunnen. In den Bergen findet man überall Wasser. Und wenn es regnet, füllen sich die Brunnen, und die Quellen laufen über. Und überall zwischen den Felsen sieht man das Wasser herunterfließen.«

»Ja«, sagte der Kalif. »Und woher kommt der Nebel?«

»Die alten Leute sagen, daß er manchmal vom Meer kommt, und sie sagen auch, daß er hoch in den Bergen zu Hause ist. Und manchmal kommt er von draußen und bleibt zwei oder drei Tage, bis ihn der Wind davonjagt.«

»Ich verstehe«, sagte der Kalif. »Und jetzt sag mir, wie Salz gemacht wird.«

»Es gibt eine Art von Salz, die bildet sich an den Ufern der Flüsse, die salziges Wasser führen«, antwortete Hadidan Aharam. »Man gräbt Gruben und läßt das Wasser hinein; wenn es austrocknet, bleibt das Salz in den Gruben zurück. Und es gibt eine andere Art von Salz in den Bergen, und die Alten sagen, es sei das bessere Salz. Das Salz aus den Flüssen ist unrein.«

»Sehr gut!« rief der Kalif. »Du bist wirklich erstaun-
lich. Jetzt möchte ich, daß du mir eine kleine Besor-
gung machst. Ich will, daß du mir von jeder Salzsorte
eine Probe bringst, Salz aus den Bergen und Salz vom
Flußdelta.«

»Ouakha, sidi.« Hadidan Aharam ging los und kam
nach kurzer Zeit mit den beiden Salzsorten zurück.

»Ich will dir eine weitere Frage stellen«, sagte der
Kalif. »Welche der beiden Sorten schmeckt dir besser?«

»Was soll ich sagen? Das Salz aus den Bergen hat
seinen Geschmack und das Salz aus dem Flußdelta
einen anderen.«

»Aber welches Salz magst du lieber?«

»Sidi el kalifa, ich glaube, daß das Salz aus den Bergen
besser schmeckt. Wie gesagt, es ist es reiner.«

»Ich bin voll und ganz deiner Meinung«, sagte der
Kalif. »Unbegreiflich, daß man dich für verrückt hält!
Aber ich muß gestehen, daß auch ich es oft geglaubt
habe.«

»Aber sidi, ich bin es, ich bin verrückt!«

»Ich verstehe. Doch jetzt geh zurück an deine Arbeit«, sagte der Kalif. Als Hadidan Aharam gegangen
war, saß der Kalif kopfschüttelnd da.

In diesem Jahr arbeitete eine sehr schöne Frau in der
Küche des Kalifen. Eines Tages sah er Hadidan Aharam
in die Küche gehen. Da er sehr lange nicht wieder
herauskam, begab sich der Kalif in die Quartiere der
Dienstboten, um nach dem Rechten zu sehen. Er warf

einen Blick in die Küche und fand sie leer. Dann ging er in den Hof. Durch ein kleines Fenster sah er, wie Hadidan Aharam mit der Köchin im Bett lag. Er wandte sich ab und ging weg.

Später kam Hadidan Aharam in die Räume des Kalifen.

»Wo bist du gewesen?« fragte ihn der Kalif.

»Ich hatte zu arbeiten«, sagte Hadidan Aharam.

»Was war das für eine Arbeit?«

»Ich habe abgewaschen.«

»Das habe ich gesehen«, sagte der Kalif. »Ich habe gesehen, wie du im Bett abgewaschen hast. Schämst du dich denn nicht? Eine verheiratete Frau, mit Kindern obendrein? Und du machst mit ihr, was du willst! Kennst du denn keine Skrupel? Ist das deine Vorstellung davon, wie ein Mann sich verhalten sollte? Und glaub bloß nicht, daß ich die Sache mit der Frau des Nachtwächters vergessen habe. Oder die mit der Tochter meines eigenen Bruders. Aber diesmal habe ich dich erwischt, und du wirst dich nicht so einfach rausreden können.«

»Ich schwöre, daß du mich nicht mit der Frau gesehen hast«, sagte Hadidan Aharam. »Vielleicht war es mein Schatten, den du gesehen hast, aber ich war nicht da.«

»Es hat keinen Zweck, sich dumm zu stellen«, sagte der Kalif. »Es wird dir nichts nützen, weil du es nicht bist.«

Er rief vier mokhaznia. Sie traten ins Zimmer und warfen Hadidan Aharam zu Boden, und die Soldaten packten ihn an Beinen und Armen. Sie schlugen ohne Erbarmen auf ihn ein, danach warfen sie ihn in einen dunklen Kerker unter dem Palast des Kalifen. Dort blieb er und hatte mit niemanden Kontakt außer mit dem Soldaten, der ihm sein Essen und seinen Kif brachte.

Eines Nachts, als er auf seiner Strohmatte lag und Kif rauchte, hörte er ein seltsames Geräusch. Er stand auf und ging in seiner Zelle hin und her, bis er herausgefunden hatte, woher es kam. In einer Ecke der Wand gab es ein winziges Loch, und darin saß eine junge Ratte. Hadidan Aharam griff hinein und packte sie. Er hielt sie in den Armen und setzte sich mit ihr auf die Matratze. Er gab ihr einige Krumen von seinem Brot.

Jeden Tag gab Hadidan Aharam ihr zu fressen, und auf diese Weise wurde sie ihr Freund und wollte nicht mehr allein sein.

So vergingen fünf Monate. Hadidan Aharam war immer noch im Kerker unter dem Palast des Kalifen. Die junge Ratte war mittlerweile dick und fett.

Eines Tages kam der Kalif in den Kerker, um Hadidan Aharam zu besuchen. Die Wächter schlossen die Tür auf, und der Kalif trat in die Zelle. Dort fand er Hadidan Aharam mit einem dichten Bart und langem Haar, und neben ihm saß die Ratte. Der Kalif war entsetzt.

»Tötet diese Ratte und werft sie hinaus!« befahl er seinen Soldaten.

»Sidi«, rief Hadidan Aharam. »Ich habe stets den größten Respekt vor dir gehabt. Aber jetzt muß ich ihn aufgeben. Ich schwöre, wenn jemand dieser Ratte etwas zuleide tut, töte ich ihn.«

»Aber was machst du mit diesem Tier? Was willst du mit ihm anfangen?« wollte der Kalif wissen.

»Gar nichts. Es ist der einzige Freund, den ich habe, der einzige, mit dem ich mich in dieser Zelle unterhalten kann. Ich kann ihm die ganze Geschichte meines Lebens erzählen, und es hört mir zu. Diese Ratte ist die einzige, die Mitleid mit mir hat und versteht, was ich will. Ich werde nicht zulassen, daß irgend jemand sie tötet. Aber wozu bist du gekommen?«

»Ich bin nur gekommen, um dich zu sehen. Ich wollte wieder einmal deine bezaubernde Stimme hören.«

»Danke, sidi«, sagte Hadidan Aharam.

Der Kalif wandte sich an einen der Wächter. »Übrigens, wenn du von nun an das Essen herunterbringst, sorg dafür, daß es zwei getrennte Mahlzeiten sind.«

Von diesem Tag an brachten sie stets zwei Mahlzeiten. Die Ratte wurde sehr kräftig und begann, das Loch in der Wand zu vergrößern, bis es einem Tunnel glich. Wenn Hadidan Aharam den Kopf auf den Boden legte, konnte er am anderen Ende Licht sehen. Eines Tages kam die Ratte zurück und brachte mehrere Freunde mit. Sie warteten in einer Ecke, während die erste Ratte wie üblich zu Hadidan Aharam lief.

»Warum kommen deine Freunde nicht auch?« fragte
er die Ratte. »Haben sie Angst vor mir? Bitte sie, näher-
zukommen. Es ist Zeit zum Abendessen.«

Die Ratte ging zu ihren Freunden zurück und sprach
zu ihnen. »Kommt«, forderte sie sie auf. »Ihr braucht
keine Angst zu haben. Wir wollen essen.«

Die Ratten nahmen neben Hadidan Aharam Platz,
und als die mokhazni das Essen in die Zelle brachten,
aßen die Ratten von einem Teller, während Hadidan
Aharam von dem anderen aß. Als sie fertig waren,
begann Hadidan Aharam zu rauchen. Die Ratten lehn-
ten sich zurück und hielten ein Nickerchen. Dann waren plötzlich Schritte zu hören, die sich der Zelle näher-
ten. Hadidan Aharam drehte sich zu der Ratte um und
riet ihr: »Sag deinen Freunden, sie sollen sich schnell
aus dem Staub machen.«

Die Ratten rannten zu dem Loch und verschwanden.
Ein Wächter schloß die Tür auf und trat in die Zelle,
und mit ihm kam die schöne Köchin des Kalifen.
Hadidan Aharam starrte erst sie und dann den Soldaten
an, der kurz darauf die Zelle verließ und die Frau bei
ihm ließ. Als sie allein waren, nahm die Frau ihren haik
ab und wickelte eine Eisenstange und ein Messer aus,
die sie Hadidan Aharam reichte. Sie gab ihm ein Päckchen Kif, und die beiden legten sich zueinander.

Nach der Liebe flüsterte Hadidan Aharam ihr ins
Ohr: »Ich habe meine eigenen Soldaten, und sie werden jeden hier im Haus niedermachen.«

»Wen meinst du?« fragte sie. »Du wirst schon sehen«, sagte er.

Sie rief den mokhazni und bat ihn, sie hinauszu-
lassen.

Von nun an machte Hadidan Aharam das Ratten-
loch mit Hilfe der Eisenstange jeden Tag ein bißchen
größer. Eines Tages gelang es ihm, einen großen Stein
aus der Wand zu lösen und ein Stück in den Tunnel
hineinzukriechen. Er konnte sehen, daß der Tunnel vor
vielen Jahren benutzt worden war.

»Nun möchte ich, daß du alle Ratten, die du kennst
hierher holst«, sagte er zu der Ratte. Die Ratte begann
an einer bestimmten Stelle zu scharren, und Hadidan
Aharam klopfte und kratzte an dieser Stelle weiter.
Schließlich gelang es ihm, einen weiteren Stein zu lösen, und dann hörte er viele Ratten von unten herauf-
kommen, wie aus einer großen Höhle.

Die Ratte stand oben und rief ihnen zu, und als sie
lauschten, war es plötzlich ganz still. »Der Kalif verfolgt
uns«, erklärte die Ratte. »Wieviel Tausende von uns
sind in seinen Händen umgekommen? Der Kalif ist
böse. Aber bald kommt der Tag, an dem wir frei sind!
Wir werden hingehen können, wohin wir wollen, und
essen, was wir wollen. Es wird nicht mehr lange dau-
ern.«

Eines Tages wenig später sagte Hadidan Aharam zu
der Ratte: »Hol deine Freunde und bring sie her. Aber
ihr dürft keinen Krach machen, verstanden? Und

wenn der Augenblick zum Angriff kommt, darf niemand Angst haben. Sag ihnen, sie sollen so kräftig wie möglich zubeißen und sich keine Gedanken machen, wenn ein paar ihrer Brüder den Tod finden. Ihr dürft nicht aufhören, zuzubeißen. Wenn die Menschen sehen, daß sie euch nicht los werden, bekommen sie es mit der Angst, und das ist euer Sieg!«

Die Ratte begab sich in die Höhle und verbreitete die Nachricht. Bald kam ein mokhazni in die Zelle und brachte Hadidan Aharam sein Essen. Als der Wächter die Tür aufschloß, stürzte sich Hadidan Aharam auf ihn, schlug ihn mit der Eisenstange nieder, und die Ratten bissen ihn zu Tode. Danach stiegen alle die Treppe hinauf.

In den Räumen des Kalifen fand ein großes Fest statt, und die Gäste bemerkten die Ratten erst, als sie zu Tausenden im Ballsaal waren. Da griffen sie an.

Die Gäste rissen sich die Zähne der Ratten aus dem Fleisch und schleuderten die Tiere zu Boden, doch immer mehr Ratten kamen und stürzten sich auf sie. Schließlich liefen die Gäste auf die Straße. Doch auch die Straße war inzwischen voller Ratten, und sie griffen jeden an, der vorbeikam.

Da es Sommer war, trug der Kalif nur einen tchamir. Als er die Ratten sah, versuchte er davonzulaufen, stolperte jedoch und stürzte zu Boden. Eine Ratte sprang ihn an und verbiß sich in seinem Geschlecht. Noch als er sich aufrappelte und weiterlief, hing die Ratte fest und nagte. Schließlich hatte sie es abgebissen. Es fiel zu Boden, wo zwei andere Ratten darum kämpften. Schließlich fraß jede eine Hälfte.

Während all dies geschah, saß Hadidan Aharam ruhig in seiner Zelle. Als die Soldaten herunterkamen, schleiften sie den toten Wächter in den Gang. Dann sagten sie zu Hadidan Aharam, der Kalif werde alles tun, was er verlangte, wenn er nur die Ratten dazu bewegen könnte, wieder dahin zu gehen, woher sie gekommen waren.

Hadidan Aharam wandte sich an seinen Freund, die Ratte, die neben ihm saß und sagte ihr, sie solle den anderen mitteilen, daß sie gewonnen hätten und in ihre Höhle zurückgehen könnten. Bald kamen sie zu Tausenden die Treppe hinab in die Zelle und verschwanden eilig durch das Loch in den Tunnel.

Sieben Menschen waren umgekommen, und es gab viele Verwundete. Der Kalif lag im Bett, umgeben von seinen Ärzten. Als er sich soweit erholt hatte, daß er sprechen konnte, sandte er einen mokhazni in den Kerker, der Hadidan Aharam an sein Bett rief.

»Würdest du gern Kalif sein?« fragte er Hadidan Aharam.

»Nein, nein, du bist der Kalif. Ich will nur meine Ruhe.«

Von da an arbeitete Hadidan Aharam nicht mehr. Wenn er irgend etwas wollte, brauchte er nur den Kalifen darum zu bitten. Er behielt die Ratte bei sich und gab ihr dasselbe zu essen, was auch er und der Kalif bekamen. Und jeden Morgen schickte er einige mokhaznia mit Eimern voller Futter für die anderen Ratten in den Keller.

Der Kalif war nun überzeugt, daß Hadidan Aharam nicht nur völlig gesund, sondern auch ein großer Mann war. Beide wurden unzertrennliche Freunde und blieben zusammen, bis der Kalif starb.

DIE HOCHZEIT

Nach dem Tod des Kalifen war Hadidan Aharam gezwungen, zu seiner Frau und dem Kind zurückzukehren. Sie waren jetzt sehr arm und besaßen nur ein winziges Haus mit etwas Land. Auf dem Land hatten sie zwei Schafe und einen Bock, zwei Hühner und einen Hahn, und zwei Truthähne. Jedes Huhn legte zwei Eier am Tag, und die Truthenne eins.

Hadidan Aharams Sohn war mittlerweile fünfzehn Jahre alt, und Hadidan Aharam wollte ihm eine Frau suchen. Sie hatten kein Geld, und der Sohn fand keine Arbeit, doch Hadidan Aharam war fest entschlossen, genug Geld aufzutreiben, um ihm eine Braut zu kaufen.

Es dauerte nicht lange, und er hatte einen Plan ausgeheckt.

Jeden Morgen nahm er den Truthahn und trug ihn auf den Armen durch die Stadt, an allen Buden vorbei, wo sich die Leute versammelten. Er ging am qadi vorbei, der inmitten seiner Soldaten saß, und jedesmal sagte er ihm guten Morgen. Der qadi nickte ihm zu. Etwa einen Monat lang machte er jeden Tag denselben Spaziergang, erst durch die Altstadt und dann über eine Seitenstraße zurück zu seinem Haus. Eines Tages, als er wieder so vorbeikam, rief ihm der qadi zu:

»Wohin bringst du all die Truthähne, mit denen ich dich jeden Tag sehe?«

Hadidan Aharam machte ein betrübtes Gesicht. »Vergib mir die schändliche Antwort, die ich dir geben muß, aber ich bringe sie zu einem Juden, der in dem Viertel wohnt. Er kauft mir jeden Tag einen Truthahn ab.«

»Wer ist es?«

»Mardukh«, sagte Hadidan Aharam.

»Ich verstehe«, sagte der qadi. »Er ist ein sehr reicher Mann.«

»Ja.«

Hadidan Aharam fuhr fort, seinen Truthahn durch die Stadt zu tragen. Nach sechs Monaten wußten sogar die anderen Juden, die in dem Viertel wohnten, von den Truthähnen, die Hadidan Aharam jeden Morgen in Mardukhs Haus ablieferte. Eines Tages suchte Hadidan Aharam den qadi in seinem Büro auf.

»Was kann ich für dich tun, Hadidan Aharam?«

»Sidi, du weißt, daß ich dem Juden Mardukh jeden Morgen einen Truthahn verkaufe, nicht wahr? Er hat nie Geld im Haus, weil er dabei ist, ein Stück Land, das er besitzt, zu verkaufen, und er hat immer gesagt, ich müßte auf mein Geld warten, bis er es verkauft hat. Ich habe gewartet und gewartet, und wenn ich ihn jetzt bitte, zu bezahlen, sagt er, ich hätte nichts zu bekommen.«

»Du hättest dein Geld schon längst einfordern müssen. Ich werde ihn zu mir bestellen.«

Als Mardukh vorgeführt wurde, sah der qadi ihn an. »Jetzt paß gut auf«, sagte er. »Warum bezahlst du diesem Mann nicht, was du ihm schuldest?«

Der Jude starrte den qadi an: »Was soll ich ihm schulden?«

»Versuch nicht, mich für dumm zu verkaufen!« rief der qadi. »Hat dieser arme Mann dir nicht Tag für Tag einen Truthahn gebracht?«

»Ich schwöre, daß ich seit drei Jahren keinen einzigen Truthahn gegessen habe«, antwortete der Jude.

»Setz dich«, sagte der qadi. Dann schickte er nach drei moslemischen Zeugen und drei jüdischen Zeugen. Als alle in seinem Büro versammelt waren, befragte der qadi die Moslems, und sie bestätigten Hadidan Aharams Geschichte. Dann befragte er die Juden, und auch sie sagten, sie sei wahr.

Der qadi wandte sich an den Juden: »Nehmen wir an, daß die moslemischen Zeugen lügen. Wenn das stimmt, heißt es, daß auch die jüdischen Zeugen lügen. Willst du sie der Lüge bezichtigen?«

Mardukh und die anderen Juden sahen einander an,

und keiner sagte ein Wort. Dann wandte sich Mardukh an Hadidan Aharam und fragte mit leiser Stimme: »Wieviel?«

»Tausend dananir«, sagte Hadidan Aharam.

Der Jude fing an zu schreien und sich die Haare zu raufen, doch Hadidan Aharam winkte ab. »Tausend dananir und keinen weniger. Wenn du alles aufrechnen willst, wirst du sehen, daß es noch mehr ist.«

Schließlich bezahlte Mardukh das Geld, und alle verließen das Büro des qadi. Hadidan Aharam ging sehr mit sich zufrieden nach Hause. »Morgen kannst du anfangen, dich nach einer Braut für unseren Sohn umzusehen«, sagte er zu seiner Frau.

Am nächsten Tag begab sie sich zum Haus eines Nachbarn. Als sie der Nachbarin den Grund ihres Besuches erzählte, antwortete die Frau: »Oh, das werden die Männer unter sich ausmachen müssen.«

»Warum sprechen wir nicht schon jetzt darüber, und lassen die Männer später entscheiden?«

So setzten sie sich zusammen und diskutierten die Angelegenheit. Als Hadidan Aharams Frau nach Hause kam, sagte sie zu ihrem Mann: »Sie ist einverstanden, aber du mußt mit dem Mann reden.«

Hadidan Aharam ging zu den Nachbarn und setzte sich mit dem Mann hin. Sie rauchten Kif. Als Hadidan Aharam endlich auf die Heirat zu sprechen kam, war der Kopf des anderen bereits voller Kif.

»Meine Tochter ist sehr teuer«, sagte er. »Sie wird dich

eine Menge Vieh kosten.« Und der Mann begann, die Anzahl von Stieren, Kühen und Schafen aufzuzählen, die Hadidan Aharam für seine Tochter würde aufbringen müssen.

Hadidan Aharam hatte nicht vor, die gesamten tausend dananir für die Braut auszugeben. Er hoffte, etwas zurückzubehalten, um eine Weile davon leben zu können. Doch als er hörte, wie der Mann aufzählte, was er alles brauchen würde, sah er ein, daß nach der Hochzeit nicht viel übrig bleiben würde.

»Du verlangst viel«, sagte er dem Mann. »Aber nicht jeder bekommt, was er will.«

Als er nach Hause kam, rief seine Frau: »Wie war es?«

»Dieser Kerl meint, seine Tochter sei aus Edelstein«, sagte Hadidan Aharam. »Aber unser Sohn wird sie trotzdem kriegen, und das, ohne einen einzigen guirch für sie zu bezahlen.«

Am nächsten Tag beschloß Hadidan Aharam, seinem Nachbarn einen weiteren Besuch abzustatten. Er klopfte an die Tür, und das Mädchen selbst machte auf.

»Ist dein Vater zu Hause?« fragte er.

»Nein«, antwortete das Mädchen.

»Und deine Mutter?«

»Auch nicht.«

»Ich würde mich gern einen Augenblick mit dir unterhalten«, sagte er. »Wie findest du meinen Sohn? Du weißt, er will dich heiraten.«

»Ich hätte nichts dagegen, wenn er es auch will«, antwortete das Mädchen.

»Warum nimmst du nicht einfach deine Sachen und kommst mit zu mir nach Hause?«

Das Mädchen sah erschrocken aus. »Was hast du mit meinem Vater ausgemacht?« fragte sie.

»Liebes Mädchen, dein Vater hat so einen hohen Preis für dich verlangt, daß ich aufgeben mußte.«

»Ich heirate deinen Sohn trotzdem«, rief das Mädchen. »Sag ihm, er soll seine Verlobung feiern und ich werde meine feiern.«

»Und ich werde für beide aufkommen«, setzte Hadidan Aharam hinzu. »Einverstanden?«

»Einverstanden«, sagte das Mädchen glücklich.

Hadidan Aharam verabschiedete sich, und das Mädchen trat wieder ins Haus und schloß die Tür. Kurz darauf kam ihre Mutter.

»So, ich werde also bald heiraten, oder nicht?« fragte die Tochter.

»So weit ich weiß, nicht. Bisher hat noch niemand etwas bezahlt«, antwortete ihre Mutter.

Die Tochter war wütend. »Ich will heiraten, und es ist mir egal, ob jemand bezahlt hat oder nicht. Wenn ich meine Verlobung nicht bald feiern darf, werde ich in Hadidan Aharams Haus ziehen«, drohte sie.

Die Mutter begann zu weinen und schlug die Hände über dem Kopf zusammen. »Warum tust du uns das an, dein Vater hat so viel Geld für dich ausgegeben?«

»Aber ich werde es tun, wenn ihr mir nicht erlaubt, meine Verlobung zu feiern.«

Die Frau ging zu ihrem Mann, und dieser kam bald sehr aufgebracht ins Zimmer. Er drohte seiner Tochter und schimpfte mit ihr, doch bald sah er ein, daß nichts sie zum Einlenken bewegen konnte.

»Hadidan Aharam war hier, um mit dir zu sprechen«, erzählte sie ihrem Vater. »Er sagte, er würde meine Verlobungsfeier bezahlen, so daß es dich nichts kostet.« Als der Mann dies hörte, protestierte er nicht weiter.

Wenig später besuchte die Mutter des Mädchens Hadidan Aharams Frau und sagte ihr, alles sei für die Hochzeit vorbereitet.

»Dann wird sie in zehn Tagen stattfinden«, sagte Hadidan Aharam. Er überlegte, wie er vorher an noch mehr Geld kommen könnte. Allein die Feiern würden mehr kosten, als er bereit war auszugeben.

Am nächsten Morgen machte er einen Spaziergang zu einem anderen Stadtteil und setzte sich auf einem Bordstein, um etwas Kif zu rauchen und darüber nachzudenken, wie er zu Geld kommen könnte. Er hatte beim Metzger etwas Fleisch gekauft, und das Paket lag neben ihm am Straßenrand. Während er noch dabei war, seine sebsi zu säubern, kam ein Jude mit einem Hund vorbei, und als der Hund das Fleisch sah, stürzte er sich darauf und fraß es, mit Papier und allem.

Hadidan Aharam sprang auf. »Mein Fleisch!« schrie er.

»Ist schon gut, sidi«, sagte der Jude. »Ich bezahle dir das Fleisch. Aber du mußt mit mir nach Hause. Ich habe kein Geld dabei.«

Er ging mit dem Juden nach Hause und wartete vor dem Haus, während der Jude das Geld holte. Er stand da und hörte, wie der Jude zu seiner Frau sagte: »Ich muß kurz aufs Land hinaus, um nach einigen Rindern zu sehen.«

Dann kam der Jude aus dem Haus und zahlte Hadidan Aharam das Fleisch, das sein Hund gefressen hatte, und Hadidan Aharam ging seines Weges. Er blieb jedoch in dem Viertel und fragte verschiedene Moslems über den Juden aus. Er erfuhr, daß er Isaak hieß und mit Rindern handelte.

Wenn es einmal geklappt hat, warum dann nicht auch ein zweites Mal, dachte er bei sich.

Er ging zu einem Freund und bat ihn, ihm für einige Stunden vier seiner Stiere zu leihen. »Ich bringe sie dir unversehrt zurück«, sagte er.

»Nein, nein«, entgegnete sein Freund. »Ich leihe meine Stiere nicht aus.«

»Na gut. Dann kaufe ich sie dir ab«, sagte Hadidan Aharam. »Wieviel sind sie wert?«

»Sechhundert dananir für alle vier.«

Hadidan Aharam ging nach Hause und holte das Geld. Er bezahlte die Stiere und führte sie durch die Altstadt, damit ihn alle sahen, einschließlich der qadi. Der qadi, die mokhaznia und alle jüdischen Händler, die in den Cafes saßen, machten Bemerkungen über die Tiere.

»Prachttiere hast du da«, riefen sie Hadidan Aharam zu.

»Ja«, antwortete er. »Ich bringe sie Isaak.«

»Ach ja, ach ja«, murmelten die Juden. »Er kauft jede Menge Rinder.«

Als er zu Isaak kam, klopfte er an die Tür, und Isaaks Frau öffnete.

»Guten Morgen, Jüdin«, sagte Hadidan Aharam.

»Guten Morgen, sidi el muslim.«

»Ist dein Mann nicht da?«

»Nein.«

»Hat er das Geld bei dir gelassen?«

»Nein.«

»Macht nichts. Er kann später bezahlen. Hier sind seine Stiere.«

»Aha«, sagte die Frau.

»Wo soll ich sie hinbringen?«

»Laß sie einfach vor dem Haus stehen. Ich werde jemanden beauftragen, sie in den Stall zu bringen. Komm heute nachmittag wieder, wenn Isaak hier ist, und er wird dich auszahlen.«

Hadidan Aharam verabschiedete sich und ging seines Weges. Einige Minuten später kam er zum Haus zurück. Die Stiere standen noch immer davor, keiner bewachte sie, und die Haustür war verschlossen. Er begann sie fortzutreiben, genauso, wie er sie zuvor gebracht hatte. Bald waren sie alle wieder da, wo er sie gekauft hatte. »Hier sind deine Stiere«, sagte er. »Gib mir meine sechshundert dananir zurück.«

Der Mann inspizierte die Stiere und gab Hadidan Aharam das Geld. »Du bist nicht ganz bei Trost«, sagte er. »Wenn du sie nicht haben wolltest, warum hast du sie überhaupt gekauft?«

Hadidan Aharam zuckte die Achseln und verabschiedete sich.

Als Isaak zurückkam, sagte seine Frau: »Ein Moslem war hier, mit vier Stieren für dich. Sie sind auf der Straße vor dem Haus. Ich hatte keine Zeit, sie in den Stall bringen zu lassen.«

»Auf der Straße!« rief der Mann. Er lief hinaus und sah keine Spur von den Stieren. Dann kehrte er ins Haus zurück.

»Wo sind sie? Welcher Moslem war es?« wollte er wissen. Doch seine Frau antwortete nur: »Es war ein Moslem.«

Alle beide liefen durch die Nachbarschaft und suchten nach den Stieren.

»Das ist schrecklich«, sagte Isaak. »Wenn der Eigentümer kommt, wird er sein Geld verlangen. Wir müssen sie finden.«

Sie suchten den ganzen Nachmittag und gingen schließlich nach Hause. Am selben Abend begab sich Hadidan Aharam zum Haus des Juden und klopfte an die Tür.

Als Isaak öffnete, sagte Hadidan Aharam: »Wie geht es dir, Jude?«

»Sehr gut, danke«, antwortete der Jude.

»Was hältst du von den Stieren. Prächtige Tiere, nicht wahr?«

»Welche Stiere?«

»Wo ist deine Frau?« fragte Hadidan Aharam.

Die Frau trat ein. »Oh ja. Die Stiere«, sagte sie. Dann sagte sie nichts mehr.

»Nun, ich bin wegen des Geldes gekommen«, sagte Hadidan Aharam und wandte sich wieder an Isaak. »Wieso fragst du mich, welche Stiere? Was für ein Spiel wird hier gespielt? Du hast meine Stiere, und ich will das Geld. Wenn du sie nicht behalten willst, gib sie mir zurück. Entweder oder.«

Er packte Isaak beim Kragen.

»Nein, nein«, rief die Frau. »Laß ihn los! Wieviel schulden wir dir?«

»Achthundert dananir.«

Sie nahm das Geld aus ihrer Tasche und gab es Hadidan Aharam.

Zehn Tage später fanden beide Verlobungsfeiern statt, und danach wurden das Mädchen und der Junge verheiratet. Hadidan Aharam kaufte den beiden viele Geschenke und hatte nach der Hochzeit immer noch seine tausend dananir übrig.

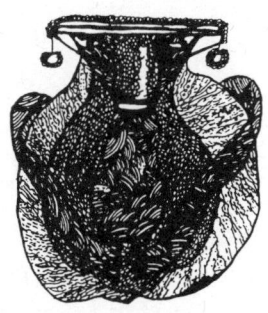

DER DIAMANT

Als Hadidan Aharams Geld aufgebraucht war, nahm er
seine Arbeit im Wald wieder auf. Er hackte Holz und
machte Kohle daraus. Eines Abends, als er mit seinem
kleinen Sohn im Haus saß, kam seine Frau herein-
gestürzt. Sie war völlig außer Atem.

»Ich habe gerade einen Diamanten gefunden, er lag
vor Amins Palast«, rief sie.

»Was?« schrie Hadidan Aharam. »Laß sehen!«

Sie gab ihm den Stein, und er untersuchte ihn sorgfältig. Dann sagte er: »Dieser Stein kann uns ein Vermögen einbringen. Mir fällt da etwas ein. Ich werde einen
billigen Esel kaufen. Ich werde zweitausend dananir
verdienen und den Diamanten obendrein behalten.«

»Das verstehe ich nicht«, sagte seine Frau. »Wie willst
du das machen?«

»Du wirst schon sehen.« Er steckte den Edelstein in
die Tasche und verließ das Haus. Auf dem Markt er-

stand er einen jungen Esel für fünf dananir. Er führte ihn aufs Land und ließ ihn soviel Grünzeug fressen, wie er wollte. Als der Esel satt war, brachte er ihn nach Hause, und am Morgen stellte er dem Tier einen Eimer mit Wasser hin und ließ es trinken. Dann ging er mit ihm zum Eselsmarkt. Dort stellte er den Esel zwischen die anderen Tiere und versteckte den Diamanten tief in den Darm des Tieres. Danach führte er es dorthin, wo einige reiche Männer aus der Stadt standen.

Der Magen des Esels war geschwollen von all dem Grünzeug und dem Wasser, und als sie an der Gruppe vorbeikamen, trat Hadidan Aharam dem Tier plötzlich mit dem Knie in den Bauch. Ein großer Haufen plumpste heraus und mit ihm der Diamant. Hadidan Aharam nahm einen Stock und fing an, in dem Misthaufen zu stochern. Die reichen Männer beobachteten das Ganze neugierig. Schließlich grunzte er zufrieden, bückte sich und hob den Diamanten auf. Er zog ein Tuch aus der Tasche und säuberte ihn vorsichtig.

Einer der Männer rief: »Was hast du da?«

»Es ist Teil eines Geschenks von Allah«, antwortete Hadidan Aharam. »Er gab mir einen Esel, der anders ist als alle anderen Esel. Jedesmal, wenn er scheißt, finde ich einen Diamanten.«

Sie betrachteten den Diamanten eine Weile und führten hitzige Debatten darüber. Währenddessen führte Hadidan Aharam den Esel in eine Ecke und steckte ihm den Diamanten erneut in den Darm. Als sie sich umwandten, tat er so, als steckte er den Edelstein wieder in die Tasche. Sein Gesicht spiegelte tiefe Befriedigung.

Ein paar Minuten später trat er dem Tier noch einmal in den Bauch, und das Ergebnis war das gleiche. Wieder ließ der Esel ein paar Haufen fallen, und mit ihnen den Diamanten.

Als sie sahen, wie er den zweiten Edelstein herausfischte, säuberte und in die Tasche steckte, wurden ihre Augen noch größer.

»Du würdest deinen Esel nicht zufällig verkaufen wollen?« fragte ihn einer der Männer.

»Niemals!« rief Hadidan Aharam. »Würdest du so ein Tier verkaufen, wenn es dir gehörte?«

»Wieviel Diamanten scheißt er pro Tag?« wollten sie wissen.

»Meistens zwei am Tag und zwei in der Nacht.«

Die Männer sahen sich an. »Das macht vier am Tag«, sagten sie.

»Ich sagte meistens«, setzte Hadidan Aharam hinzu. »Manchmal sind es auch nur zwei oder drei.«

»Wieviel willst du für ihn haben?« fragte einer.

»Ich verkaufe nicht.«

»Sag uns zumindest einen Preis«, drängte der Mann.

»Was wäre er dir wert?« fragte Hadidan Aharam.

Einer der Männer sagte: »Ich biete tausend dananir.«

»Nein, nein, sidi. Tausend! Glaubst du vielleicht, ich hätte den Esel gestohlen?«

Ein anderer sagte: »Ich biete dir fünfzehnhundert!«

»Wenn du noch etwas drauflegst, kommst du ungefähr auf das, was ich selbst für ihn bezahlt habe«, sagte Hadidan Aharam.

Da sagte der dritte Mannn plötzlich: »Zweitausend dananir!«

»Das ist genau der Preis, den ich bezahlt habe!« rief Hadidan Aharam. »Für etwas mehr verkaufe ich ihn.«

»Ich gebe dir zweihundert dananir extra«, sagte einer der Männer.

»Einverstanden.«

Der Mann gab Hadidan Aharam zweitausendzweihundert dananir. »Was muß ich machen?« fragte er.

»Das beste ist ein großer Raum, wenn du einen hast. Und stell an allen Wänden Spiegeln auf, so viele du kannst«, sagte Hadidan Aharam.

»Ja«, antwortete der Mann. »Ich habe eine große sala voller Spiegel.«

»Gib ihm zwei Ballen frischen Grünzeugs und danach ein oder zwei Eimer Wasser zu trinken. Schließ ihn ein, laß ihn allein und lausche. Dann wirst du selbst sehen, wie viele Diamanten er auswirft.«

»In Ordnung«, sagte der Mann und nahm den Esel mit. Hadidan Aharam ging nach Hause und setzte sich zu seiner Frau. Ohne mit ihr zu reden, griff er nach seiner Pfeife und begann zu rauchen.

»Eioua!« sagte sie schließlich. »Was ist mit dem Diamanten geschehen?«

Er zog ihn aus der Tasche und reichte ihn ihr. »Hier hast du deinen Diamanten, nimm ihn«, sagte er.

»Und was hast du gemacht?«

»Das, was ich dir gesagt habe. Als ich aus dem Haus ging, hatte ich den Diamanten und fünf dananir. Davon habe ich einen Esel gekauft und jetzt habe ich zweitausendzweihundert dananir in der Tasche.«

»Was?« rief seine Frau.

Er zog das Geld aus der Tasche und zeigte es ihr. »Mit diesem Geld können wir zehn Häuser kaufen«, erzählte er. »Ich werde nicht länger arbeiten müssen. Ich werde nur hier sitzen und die Miete kassieren?«

»Baz-alik!« rief sie. »Du bist ein richtiger Mann!«

Als der Mann den Esel nach Hause gebracht hatte, führte er ihn in die große sala seines Hauses, in der viele Spiegel standen. Dann befahl er seinen Dienern, zwei Ballen frischen Futters zu bringen und auf dem Boden auszubreiten. Sie stellten ihm zwei Eimer mit Wasser hin und verriegelten die Tür.

Etwa eine Stunde später, als der Mann mit seiner Frau und seinen Söhnen beim Essen saß, hörte er eigenartige Geräusche aus der sala.

Der Esel hatte gefressen und sich dann umgesehen. Als er sich von so vielen anderen Eseln umringt sah, begann er, hin und her zu laufen und gegen die Spiegel zu treten. Als diese zerbrachen, fing er an vor Schrecken zu scheißen.

»Hört nur, wie er arbeitet«, sagte der Mann zu seiner

Familie. »Bald sind wir die reichsten Leute der Stadt.«

»Hört doch! Hört!«

Schließlich war alles ruhig. Der Mann schlich hin und öffnete vorsichtig die Tür zur sala. Alle Spiegel waren zerbrochen, der Raum übersäht mit frischen Haufen, und der Esel lag blutüberströmt zwischen zahllosen Spiegelscherben.

DER HEILIGE

Eines Tages erschien eine Gruppe von mokhaznia vor Hadidan Aharams Tür. Sie sagten, der Amin wünsche ihn zu sehen und er solle mit ihnen in die Hauptstadt kommen. So etwas war noch nie passiert, und Hadidan Aharam hatte große Angst. Er verabschiedete sich von seiner Familie und machte sich in Begleitung der mokhaznia auf dem Weg in die Stadt, die drei Tagesreisen entfernt lag.

Während sie marschierten, dachte Hadidan Aharam: Da stecken bestimmt die Juden hinter. Wenn sie mich in der Hauptstadt in den Kerker werfen, komme ich nie wieder heraus.

Doch als er vor dem Amin erschien, lächelte dieser und erklärte, sein Bruder sei gestorben und alles Land, das zuvor ihrem Vater gehört habe, gehöre nun ihm. Er unterschrieb einige Papiere, und sie ließen ihn gehen.

Statt zu seiner Familie zurückzukehren, beschloß

Hadidan Aharam, zum Hof seines Vaters zu gehen. Dort stellte er fest, daß sein Bruder den Besitz nach dem Tod des Vaters gemehrt hatte. Die Obstbäume standen in langen Reihen, wie Soldaten bei einer Parade, und auf den Hügeln erstreckten sich riesige Weinfelder. Sein Bruder hatte viele Brunnen graben lassen und Hunderte von Kanälen angelegt, so daß es überall Wasser gab.

Als er diesen Reichtum sah, änderte Hadidan Aharam seine Meinung und beschloß, dazubleiben und nicht eher zu seiner Frau zurückzukehren, bis er das Land bewirtschaftet und etwas Geld verdient hatte. Mit Hilfe der benachbarten Bauern pflanzte er all mögliche Sorten von Gemüse und Getreide an. Etwa anderthalb Jahre arbeiteten sie jeden Tag zusammen. Der Boden war fruchtbar. Alles wuchs rasch und brachte reiche Ernte ein. Es gab so viel, daß er nicht alles auf dem Markt in der Stadt loswerden konnte, also eröffnete er selbst einen Markt auf seinem Bauernhof, wo er die Sachen für ein Drittel des marktüblichen Preises verkaufte. Die Menschen kamen von weither, um bei ihm einzukaufen, und da alle sehr arm waren, konnten sie jetzt ein besseres Leben führen als je zuvor.

Am Ende des Jahres besuchte er seine Frau und seine Söhne und brachte ihnen große Mengen Gemüse und Obst mit. Seine Frau wollte mit ihm aufs Land ziehen, doch er gab ihr etwas Geld, küßte sie zum Abschied und versprach, in einem Jahr wiederzukommen.

Von Monat zu Monat wurde der Bauernhof größer und reicher. Alles, was Hadidan Aharam pflanzte, wuchs und gedieh.

Eines Tages unternahm der Pascha der benachbarten Stadt einen Ausritt mit seinen mokhaznia. Als sie an Hadidan Aharams Hof vorbeikamen, fiel er ihnen auf. Der Pascha zügelte sein Pferd und betrachtete ihn nachdenklich. Dann fragte er den Chef seiner mokhaznia, wem das Land gehöre. Doch da er noch nie von Hadidan Aharam gehört hatte, sagte ihm der Name nichts.

»Und wohin geht all das wunderbare Obst? Was macht er damit? Ich habe nie etwas davon auf dem Markt gesehen.«

»Er verkauft alles an die Bauern der Umgebung, direkt hier auf seinem Hof.«

»Dann muß es sehr billig sein«, sagte der Pascha.

»So ist es«, antwortete der Soldat. »Man könnte fast sagen, er verschenkt es.«

Der Pascha runzelte die Stirn, und sie ritten weiter.

Am darauffolgenden Tag erschienen zwei Soldaten auf dem Bauernhof und fragten nach Hadidan Aharam. Sie fanden ihn auf einer Matte unter einem Weinstock liegend, ein Glas Tee neben sich und die Kifpfeife in der Hand.

»Der Pascha möchte dich sehen«, sagten sie.

Hadidan Aharam stand auf und ging mit ihnen in die Stadt. Als sie das Büro des Paschas betraten, bat dieser Hadidan Aharam, Platz zu nehmen.

»Was kann ich für dich tun?« fragte Hadidan
Aharam.

»Der große Bauernhof unten im Tal gehört dir?«
fragte der Pascha.

»Jawohl, sidi.«

»All diese Obstbäume gehören dir?«

»Ja, sidi.«

»Wer kauft dein Obst?«

»Die armen Leute aus der Umgebung«, antwortete
Hadidan Aharam. »Ich verkaufe mein Obst und Gemü-
se an die Armen, die es sich sonst nicht leisten könnten.
Und für mich ist es einfacher so, weil ich nichts in die
Stadt bringen muß.«

»So geht es nicht«, sagte der Pascha. »Du verlierst
Geld. Laß mich das Ganze übernehmen. Ich werde dir
viel mehr für das Obst bezahlen und meine Männer
schicken, um es zu ernten, damit du dir keine Gedanken zu machen brauchst, wie das Obst zum Markt in die
Stadt kommt. So wirst du viel mehr Geld verdienen.«

»Nein sidi«, sagte Hadidan Aharam. »Das kann ich
nicht machen. Ich kann dir von jedem Obst etwas
geben, wenn ich es geerntet habe, aber ich muß die
Ware selbst zum Markt bringen, und dort kannst du es
kaufen. Ich kann nicht zulassen, daß du es direkt auf
dem Hof kaufst. Dann bliebe nichts übrig für die armen
Bauern.«

»Ich verstehe«, sagte der Pascha. »Du hast überhaupt
kein Interesse daran, Geschäfte zu machen.«

Der Heilige

In diesem Augenblick blickte Hadidan Aharam auf, sah eine schöne Frau durch das Gitter im anderen Zimmer lugen und begriff, daß sie dem Gespräch gelauscht hatte.

Der Pascha fuhr fort: »Ich weiß, was du vorhast. Du willst die fellahin auf deine Seite bringen, indem du ihnen zu essen gibst, damit sie dir eines Tages helfen, Unruhe zu stiften. Glaubst du wirklich, daß sie dir folgen werden, wenn du ihnen zu essen gibst?«

»Nein sidi. Ich mache gern mit armen Leuten Geschäfte.« Hadidan Aharam schwieg einen Augenblick. Dann fuhr er fort: »Ich habe nie daran gedacht, sie aufzustacheln. Aber jetzt, wo du mich auf die Idee gebrachst hast, sehe ich, daß sie gar nicht schlecht ist. Ich glaube, ich werde es versuchen. Ich glaube, es könnte funktionieren.«

»Was?« rief der Pascha.

»Du hast richtig verstanden.«

»Mach, daß du hier rauskommst! Aber eines sollst du dir merken. Von nun an ist der Markt für dich tabu. Wenn ich dich dort erwische, lasse ich dich in Ketten legen. Hast du verstanden?«

»Das ist mir einerlei«, entgegnete Hadidan Aharam. »Ich lasse das Obst lieber unter den Bäumen und das Gemüse in den Beeten verfaulen. So kann ich einen guten Komposthaufen machen.«

Als in diesem Jahr die Ernte reif war, kamen viele Menschen zum Bauernhof. Jeden Tag kamen mehr

Menschen aus dem umliegenden Land, und Hadidan Aharam verkaufte ihnen seine Früchte. Als die mokhaznia davon erfuhren, eilten sie zum Pascha und erstatteten ihm Bericht.

»Hadidan Aharam verkauft seine Früchte billiger als je zuvor«, sagten sie. »Jeder kauft bei ihm.«

»Hier«, befahl der Pascha. »Nehmt dieses Geld und kauft alles, was noch da ist.«

Die Soldaten ritten zum Bauernhof und fragten nach Hadidan Aharam. Dann erkundigten sie sich nach den Preisen für die verschiedenen Obstarten.

»Alles kostet gleich viel«, antwortete Hadidan Aharam. »Zehn gruch das Kilo.«

Jeder Soldat bat um zehn Kilo von jeder Sorte, doch Hadidan Aharam sagte: »Nur ein Kilo von jeder Sorte pro Mann. Wenn jeder zehn nimmt, bleibt für die anderen nichts übrig.«

Die mokhaznia begnügten sich mit einem Kilo von jeder Sorte pro Mann. Sie reihten sich in die Schlange ein und kauften das Obst. Dann ritten sie zum Pascha zurück.

»Das ist alles, was er uns zugestehen wollte«, berichteten sie.

»Ich verstehe«, sagte der Pascha.

Im folgenden Jahr gab es keinen Regen. Das ganze Jahr über schien die Sonne. Und auch im darauffolgenden Jahr blieb der Regen aus. Die Menschen begannen an Hunger und Durst zu leiden. Tausende von fellahin kamen zu Hadidan Aharams Bauernhof, um Wasser zu holen. Und er gab jeder Familie ihre Ration an Kichererbsen und Linsen, damit sie überlebten und arbeiten konnten. Das Wasser in seinen Brunnen war nie versiegt und strömte in seine Gärten und Felder, so daß immer noch alles in großen Mengen wuchs.

Als der Pascha davon erfuhr, schickte er seine Soldaten, um Hadidan Aharam zu ihm ins Büro zu holen.

»Ja sidi?« fragte Hadidan Aharam, als er vor dem Pascha stand.

»Mir gefällt nicht, was du machst«, sagte der Pascha.

»Und was gefällt dir nicht? Daß Menschen Wasser bekommen? Daß man ihnen etwas zu essen gibt, damit sie nicht verhungern? Die Welt scheint immer Kopf zu stehen. Wenn man Menschen etwas Gutes tut, wird man getadelt, und wenn man versucht, Menschen zu ruinieren, erhält man Lob.«

»Die Menschen hier haben alles, was sie brauchen«, erwiderte der Pascha. »Es ist genug für alle da. Ich habe dich schon einmal verwarnt, und du machst munter weiter. Warum gehorchst du mir nicht?«

»Sidi, ich habe nichts gegen dich«, sagte Hadidan Aharam. »Ich denke nicht mal an dich. Was ich tue, ist richtig. Und am Ende ist derjenige, der richtig handelt, auch glücklich.«

»Du wagst es, mir zu trotzen? Na gut! Von nun an bist du kein freier Mann mehr. Werft ihn in den Kerker!«

Man sperrte Hadidan Aharam in eine Zelle unter

dem Palast. Der Pascha verlor keine Zeit, den Bauernhof zu beschlagnahmen. Und alle Menschen, die in der Hoffnung auf Wasser und Essen kamen, gingen leer aus. Als sie erfuhren, daß Hadidan Aharam im Kerker saß, versammelten sie sich in großen Gruppen vor dem Palast des Paschas, um zu protestieren. Der Pascha zögerte nicht, sie von der mokhaznia auseinandertreiben zu lassen. Viele wurden verwundet, andere ins Gefängnis geworfen.

So vergingen zwei Jahre, und Hadidan Aharam saß immer noch im Kerker. Doch die Menschen hörten nicht auf, sich vor dem Palast zu versammeln und zu schreien: »Laßt Hadidan Aharam frei!«

»Wie lange muß ich mir das noch anhören?« fragte sich der Pascha. »Eines Tages werden sie in den Palast eindringen und mich angreifen, das ist sicher.« Und er beschloß, daß es das Beste war, Hadidan Aharam gehen zu lassen. »Ich habe sein Land, und es ist gut bewacht«, dachte er.

Als Hadidan Aharam aus dem Kerker kam, ähnelte er mit seinem langen Haar und dem dichten Bart einem Haddaoui. Gleichzeitig ließ der Pascha vier Bauern frei, die mit Hadidan Aharam eingesperrt gewesen waren, weil sie gegen seine Strafe protestiert hatten. »Ihr seid frei«, sagte der Pascha. »Ihr könnt gehen, wohin ihr wollt.«

Die fünf Männer gingen in die hohen Berge, abseits von jedem Dorf. An einer großen Quelle bauten sie zwei

Hütten und tünchten die Steine um die Quelle weiß.
Die Zeit verging. Sie lebten in Frieden. Eines Tages kam
ein Mann vorbei und sah die Quelle mit den weißen
Steinen in der Sonne glänzen. Hadidan Aharam saß
daneben, und er trug einen Turban auf dem Kopf.

»Sidi, das Wasser dieser Quelle«, sagte der Mann.
»Was heilt es?«

»Dieses Wasser taugt nur für Wahnsinnige«, sagte
Hadidan Aharam. »Jeder, der an Wahnsinn leidet, kann
einige Tage hier verbringen und gesund wieder nach
Hause gehen.«

»Ist das wirklich wahr?« rief der Mann. »Ich habe
einen Sohn, der völlig verrückt ist. Glaubst du, daß das
Wasser ihm helfen könnte?«

»Aber gewiß«, antwortete Hadidan Aharam. »Bring
ihn her und du wirst sehen. Er wird gesund.«

Der Mann ging seines Weges. Einige Tage später
brachten seine Frau und er den Sohn zur Quelle.
Hadidan Aharam nahm sich des jungen Mannes an
und sagte zu seinen Eltern: »In ein paar Tagen könnt ihr
zurückkommen.«

Als sie fort waren, fesselte Hadidan Aharam dem
jungen Mann Hände und Füsse. Dann schnitt er fünf
Olivenzweige und riß dem jungen Mann, der brüllte
wie am Spieß, das Hemd vom Leib.

Dann rief er einem seiner Freunde zu: »Hier ist der
verrückte junge Mann, und hier sind fünf Zweige. Brich
sie über seinem Kopf oder wo du willst.«

Sein Freund zog seine Dschellaba aus und nahm die Olivenzweige. Als er ausholte, um den Jungen zu schlagen, schrie dieser: »Sidi! Ich bin nicht verrückt. Binde mich los, und ich werde dir die Wahrheit erzählen.«

Hadidan Aharam löste die Fesseln und brachte ihn zu einer der Hütten, wo die anderen warteten. Sie forderten ihn auf, sich hinzusetzen und mit ihnen zu essen; danach tranken alle Tee, rauchten Kif und lachten zusammen.

Irgendwann sagte Hadidan Aharam zu dem jungen Mann: »Was hatte all dies zu bedeuten? Verrate es uns.«

»Mein Vater wollte mich mit einer reichen Frau in der Stadt verheiraten, und ich wollte nicht. Das ist alles.«

»Gut«, sagte Hadidan Aharam. »Vergiß sie. Du wirst sie nicht heiraten müssen.«

Vier Tage lang lebte der junge Mann in aller Ruhe mit Hadidan Aharam und seinen Freunden. Dann kamen seine Eltern. Sie waren überrascht, als sie in die Hütte schauten und sahen, wie ihr Sohn mit den anderen sprach und lachte. Als er sie in der Tür stehen sah, sprang er auf und begrüßte sie. Sie waren überglücklich und wollten ihn sofort mit nach Hause nehmen, doch Hadidan Aharam redete es ihnen aus.

»Laßt ihn noch ein paar Tage hier«, sagte er.

Das Paar kehrte ins Dorf zurück und erzählte allen von dem wundersamen Wandel ihres Sohnes, seit er das Wasser der Bergquelle getrunken hatte. Die Nachricht verbreitete sich wie ein Lauffeuer.

Einige Tage später machten seine Eltern sich auf den Weg in die Berge, um ihn abzuholen. Vier weitere Familien mit verrückten Söhnen schlossen sich ihnen an. Als sie an der Quelle ankamen, fanden sie ihren Sohn in einem kleinen Garten, den Hadidan Aharam dort angelegt hatte, bei der Arbeit. Der junge Mann sah seine Eltern, legte das Werkzeug hin und lief ihnen entgegen, um sie zu begrüßen. Danach badete er im Wasser der Quelle und verabschiedete sich von Hadidan Aharam.

Der Vater gab Hadidan Aharam etwas Geld. Schließlich traten alle den Rückweg an und ließen die vier Jungen da, damit sie geheilt würden. Hadidan Aharam und seine Freunde machten sich sofort an die Arbeit.

Hadidan Aharam stellte sich mit einem dicken Stock vor einen der Knaben. Dann holte er aus, um ihm einen heftigen Schlag zu versetzen, doch der junge Mann rief: »Schlag mich nicht, mein Freund. Ich bin nicht verrückt. Es ist nicht meine Schuld.«

Hadidan Aharam band ihn los und sagte: »Na gut. Sprich!«

Der junge Mann setzte sich hin und begann zu erzählen: »Mein Bruder und meine Eltern behandeln mich schlecht. Mein Vater hat sehr viel Geld, aber er gibt mir nie etwas. Ich führe ein erbärmliches Leben.«

Und dann erzählte er ihm von dem traurigen Dasein im Haus seiner Eltern.

»Setz dich zu mir«, sagte Hadidan Aharam. »Ich kann dich sehr gut verstehen.«

Dann trat er zu dem zweiten jungen Mann, der nur dasaß und nachdachte.

»Und du? Was hast du?«

Der junge Mann blieb reglos sitzen, als hätte er nichts gehört. Hadidan Aharam nahm ihm die Fesseln ab und sagte: »Geh und setz dich neben ihn.«

Der dritte Jugendliche machte eine Menge Lärm und redete ununterbrochen mit sich selbst. Hadidan Aharam beobachtete ihn einen Augenblick, dann setzte er sich neben ihn und begann mit ihm zu lachen. Als der junge Mann dies sah und merkte, daß Hadidan Aharam länger lachen konnte als er, verstummte er und starrte ihn an. In diesem Augenblick hörte Hadidan Aharam auf zu lachen, und beide sahen sich schweigend an.

»So, jetzt ist es genug«, sagte Hadidan Aharam und nahm ihm die Fesseln ab. »Setz dich dorthin zu den anderen beiden.«

Er sah den vierten Jungen an, der die ganze Zeit schwieg, aber immerzu Fratzen schnitt und mit seinen Fingern spielte. Hadidan Aharam blieb vor ihm stehen und zog die Stirn kraus.

»Warte nur!« schrie er dann und griff nach dem Stock. Jedes Mal, wenn der Junge einen Finger bewegte, schlug er zu, und der Jugendliche schrie vor Schmerz auf. Schließlich hörte er auf, seine Finger zu bewegen, zog jedoch immer noch Grimassen.

»Das treibe ich dir auch noch aus«, rief Hadidan Aharam. »Warte nur!«

Er nahm einen Eisenstab und erhitzte ihn über dem Feuer des mijmah, bis er glühend rot war. Dann näherte er sich dem Jungen, dessen Augen sich weiteten. Als das Eisenstück immer näher an sein Gesicht kam, rief er plötzlich: »Ich schwöre, daß ich keine Grimassen mehr schneide. Ich war nie verrückt, und bin es auch jetzt nicht.«

Hadidan Aharam band ihn los, und der Jugendliche stand auf. »Setz dich zu den anderen!« befahl er ihm.

Danach rief Hadidan Aharam zwei der Bauern, die mit ihm lebten. »Geht ins Tal zum Dorf hinunter, sucht vier junge Mädchen aus und bringt sie her.«

Als die Männer mit den vier jungen Mädchen zurückkamen, nahm Hadidan Aharam sie beiseite und gab ihnen Anweisungen, wie sie sich mit den vier Jungen zu verhalten hatten.

Sie setzten sich hin, rauchten Kif, bis sie sehr fröhlich waren, und danach nahm sich jeder Junge eines der Mädchen. Während der folgenden drei Tage taten sie nichts anderes als Kif zu rauchen und sich zu lieben.

Als die Eltern kamen, um nach ihren Söhnen zu sehen, saßen sie zusammen in der Hütte und sangen.

Die Mädchen waren ins Dorf zurückgeschickt worden. Als die Jungen ihre Eltern sahen, sprangen sie zur Begrüßung auf. Die Eltern waren sehr froh und erwiesen sich Hadidan Aharam gegenüber erkenntlich. Nachdem sie sich bei den Wassern der heiligen Quelle bedankt hatten, kehrten sie nach Hause zurück.

So verging die Zeit. Eines Tages wurde einer der mokhaznia im Palast des Paschas verrückt. Da sich die Nachricht von den Heilkräften der Quelle bereits herumgesprochen hatten, beschloß man, den Mann dorthin zu bringen. Der Pascha persönlich führte den Zug an, und vier Soldaten hielten den wahnsinnigen mokhazni fest, während sie den Berg bestiegen.

Als sie zur Quelle gelangt waren, wartete der Pascha im unteren Weg. Hadidan Aharam fragte die Soldaten, um wen es sich handelte und wie der Mann gewesen war, bevor er wahnsinnig wurde.

»Er ist der persöhnliche Diener des Paschas und sein Bote«, erzählten sie ihm. »Er ist von einem Tag auf den anderen verrückt geworden.«

»Ich frage mich nur, wann der Pascha und alle seine Freunde hierherkommen werden, damit ich sie behandle«, sagte Hadidan Aharam. »Früher oder später werden sie kommen müssen. Denn dies ist der einzige Ort, an dem sie geheilt werden können.«

Der Pascha hörte dies und drängelte sich zwischen den Soldaten vor. »Ah, Hadidan Aharam!« rief er. »Was macht das Leben? Geht es dir gut?«

»Ja, Allah sei Dank. Und du sidi el pascha? Wie ist es dir ergangen?«

»Ich habe diesen armen mokhazni hergebracht. Er hat den Verstand verloren. Ich will ihn eine Weile bei dir lassen. Ich hoffe, daß das Wasser ihm hilft. Er weigert sich zu sprechen, offensichtlich kann er nicht hören, und aus dem Bett kriegt man ihn auch nicht.«

»Aber wie hat das angefangen?« fragte Hadidan Aharam. »Ich kenne ihn. Er war nicht verrückt.«

»Er arbeitet noch nicht sehr lange bei mir. Erst seitdem du aus dem Gefängnis gekommen bist.«

»Ich glaube, daß du ihn verrückt gemacht hast«, antwortete Hadidan Aharam.

»Wie soll ich jemanden verrückt machen?« schrie der Pascha.

»Immerhin bringst du es schon lange fertig, die armen Bauern verrückt zu machen, aber Allah wird dich dafür strafen«, sagte Hadidan Aharam. »Laß den Mann bei mir. Wir werden alles tun, um ihn zu heilen.«

»Du hast dich überhaupt nicht verändert, was?« sagte der Pascha und sah ihn an.

»Verändert oder nicht. Für mich ist alles dasselbe. Ich weiß nicht einmal, was verändern heißt«, antwortete Hadidan Aharam. »Die Vögel verändern sich, das stimmt. Sie verlieren ihre Federn.«

Nachdem der Pascha und seine Soldaten gegangen waren, brachte Hadidan Aharam den mokhazni in die Hütte und sagte ihm, er solle sich mit seinen Freunden und ihm hinsetzen. Der Mann saß ruhig da und ließ den Kopf hängen.

»He, du!« rief Hadidan Aharam plötzlich, und der Mann sah auf.

»Steh auf und bring mir den Krug von dort drüben!«

Der Mann erhob sich und brachte ihm den Krug. Als er sich wieder hinsetzen wollte, sagte Hadidan Aharam: »Warte! Reich mir diesen Teller da!«

Der Mann holte den Teller. Er war im Begriff, sich wieder hinzusetzen, als Hadidan Aharam rief: »Halt! Bring mir den Brotlaib. Und den Teekessel.«

»Ich bin hergekommen, um gesund zu werden«, sagte der Mann. »Nicht, um noch verrückter zu werden.«

»Das ist alles, was ich hören wollte«, sagte Hadidan Aharam. »Setz dich jetzt hier neben mich.«

Sie rauchten etwas Kif. Plötzlich fragte Hadidan Aharam: »Was ist eigentlich los mit dir?«

»Dasselbe, was dir geschah, ist auch mir geschehen«, antwortete der Soldat. »Zuerst stahl er mir das Haus und das Land, und dann zwang er mich, für ihn zu arbeiten. Und ich kann nichts dagegen tun.«

»Du hast also nicht den Verstand verloren?« fragte Hadidan Aharam.

»Nein, mir fehlt nichts, aber er hat mir keine Minute Ruhe gelassen. Ich mußte ständig etwas für ihn erledigen.«

»Nun gut«, sagte Hadidan Aharam. »Jetzt wirst du für mich arbeiten, statt für ihn.«

»Was für Arbeit?« fragte der Soldat mißtrauisch.

»Diese Arbeit«, sagte Hadidan Aharam und nahm ein Päckchen aus seiner Dschellaba. »Du wirst dafür sorgen, daß man dies ins Essen des Paschas mischt. Mal sehen, was passiert. Je nachdem werden wir zuschlagen.«

Der mokhazni sah Hadidan Aharam an. »Ich werde es tun.«

»Und dann bringst du sie alle zu mir«, fuhr Hadidan Aharam fort. »Am Ende wirst du der Pascha sein. Wie findest du das?«

Der mokhazni antwortete: »Ouakha, sidi.«

Einige Tage später kam der Pascha wieder zur Quelle. »Wie geht es dir, Hadidan Aharam?« fragte er.

»Sei willkommen!« rief Hadidan Aharam. »Ich sehe, daß Allah dir beste Gesundheit geschenkt hat! Was für eine Freude, dich zu sehen.«

»Und mein Diener? Wie geht es ihm?«

»Es geht ihm gut«, sagte Hadidan Aharam und deutete auf den mokhazni, der im Garten Gemüse wässerte.

»Unglaublich!« sagte der Pascha. »Du hast die Gabe des Erfolgs, egal, was du anfaßt.«

»Wenn ein Mann immer Glück hat, weiß man, daß Allah hinter ihm steht, doch wer gern in dunklen Angelegenheiten rührt, wird darin umkommen.«

»Was soll das bedeuten?« wollte der Pascha wissen.

»Es bedeutet, daß ich auf dich und deine Freunde warte, um euch zu heilen«, gab Hadidan Aharam zur Antwort.

»Ich verstehe. Du magst mich nicht.«

»So weit würde ich nicht gehen, sidi. Ich würde nicht einmal sagen, daß ich dich hasse, obwohl ich dir liebend gern das Blut aussaugen würde.«

Einen Augenblick lang war der Pascha sprachlos. Dann sagte er: »Und du hast keine Angst vor mir?«

»Nein, sidi«, sagte Hadidan Aharam.

Der Pascha schwieg. Er reichte Hadidan Aharam eine kleine Münze, rief seinen mokhazni und machte sich mit ihm auf dem Weg den Berg hinab. Unter seinen Kleidern hatte der Soldat das Päckchen versteckt, das Hadidan Aharam ihm gegeben hatte.

Wenig später gab der Pascha ein Festmahl in seinem Palast, zu dem er all seine Freunde und Berater eingeladen hatte. Als das Essen schon bereit stand, um serviert zu werden, streute der mokhazni das Pulver darüber. Dann musterte er es sorgfältig, um sich zu überzeugen, daß man nichts davon merkte.

Die Gäste feierten laut und fröhlich. Als sie fertig gegessen hatten, hockte sich der mokhazni an das Ende der Tafel und bereitete den Tee vor, wobei er das restliche Pulver in den Kessel warf.

Etwa eine halbe Stunde noch saßen die Männer da, tranken Tee und unterhielten sich. Plötzlich hielten sie inne, und es herrschte einen Augenblick Totenstille. Dann verloren alle den Verstand. Der eine begann, mit Geschirr zu werfen, ein anderer zerbrach alle Fenster, wieder ein anderer schlitzte alle Kissen und Vorhänge auf. Sie schrien und sprangen in die Luft und rissen die Türen aus den Angeln, um sie als Waffen zu benutzen.

Die Soldaten auf dem Hof eilten in den Raum, starrten die Wahnsinnigen an und wußten nicht, was sie tun sollten. Der mokhazni, der vom Ende der Tafel alles beobachtet hatte, ging zu ihnen und sagte: »Fesselt sie. Wir müssen sie zur Quelle in den Bergen bringen.«

Die Soldaten sahen ein, daß dies die einzige Möglichkeit war. Sie holten Verstärkung, und schließlich gelang es ihnen, alle Gäste und auch den Pascha selbst gefangen zu nehmen. Sie banden sie an Pfähle, um sie besser transportieren zu können; dennoch waren mehr als hundert Soldaten nötig, um sie zur Quelle zu bringen.

Hadidan Aharam saß in einer der Hütten und rauchte Kif mit seinen Freunden, als die Prozession ankam. Er eilte nach draußen und rieb sich die Hände.

»Seid willkommen! Willkommen, meine Freunde! Ihr seid also doch noch gekommen, um euch heilen zu lassen, ihr armen Teufel!«

Die Soldaten kehrten ins Tal zurück und überließen den Pascha und seine Gefolgschaft der Obhut Hadidan Aharams und seiner Freunde.

Zuerst schlugen diese erbarmungslos auf sie ein. Danach schnitten sie ihnen die Zungen ab. Und dann stießen sie ihnen heiße Nadeln in die Augen, um sie zu blenden.

Als sie fertig waren, lösten sie ihnen die Fesseln und

schubsten sie aus der Hütte nach draußen, wo sie auf dem Boden umherkrochen und gegeneinanderstießen. Hadidan Aharam und seine Freunde setzten sich, tranken Tee und rauchten weiter Kif.

Am nächsten Morgen erschienen ein paar Soldaten, um sich nach dem Pascha zu erkundigen. Noch bevor sie zur Quelle kamen, erblickten sie einige der Gäste, die in den Felsen lagen.

Hadidan Aharam begrüßte sie. »Seht ihr, was geschehen ist?« rief er. »Ihr habt sie nicht ordentlich gefesselt. In der Nacht hat sich einer befreit und allen die Fesseln abgenommen, und dann haben wir diesen fürchterlichen Krach gehört, und als wir aus den Hütten stürmten, kämpften sie alle in der Dunkelheit. Der Heilige, der in dieser Quelle wohnt, will Frieden. Menschen wie diesen hilft er nicht. Bringt sie schleunigst hier weg, bevor er mir dasselbe antut wie ihnen. Schnell!«

Die Soldaten sahen Hadidan Aharam an, der mit Bart und Turban dastand, und zögerten nicht, den Pascha und seine Gäste wieder mit nach Hause zu nehmen.

Eines Tages ging Hadidan Aharam in die Stadt, um zu sehen, was im Palast vorging. Er stellte fest, daß sich der mokhazni selbst zum Pascha ernannt hatte, und alle in der Stadt schienen zufrieden zu sein. Als er nach dem alten Pascha fragte, führte ihn der mokhazni in einen kleinen Raum. Dort hockte der alte Pascha auf ein paar Kissen in einer Ecke.

»Salaam ou aleikoum«, sagte Hadidan Aharam.

Der alte Pascha, der nicht sprechen konnte, schwieg.

»Ich bin es, Hadidan Aharam. Es tut mir leid, daß es dir heute nicht gut geht.«

Der alte Pascha schien ihn nicht gehört zu haben. Hadidan Aharam drehte sich um und ging. Im Innenhof begegnete er der Frau des alten Paschas.

»Guten Morgen, Hadidan Aharam«, sagte sie. »Das war ein großartiger Schachzug.«

»Allah sei Dank«, antwortete Hadidan Aharam. »Er macht die besten Züge.«

»Seit dem Tag, als ich euch beide miteinander reden hörte, und er dich bezichtigte, eine Revolution anzuzetteln, habe ich gewußt, was du tun würdest. Und ich wollte, daß du es tust.«

»Ich habe dich am Fenster gesehen, lalla«, antwortete Hadidan Aharam.

»Aber jetzt muß ich nach meinem Hof sehen.«

Hadidan Aharam ging zu seinem Land zurück, und mit ihm kamen Hunderte von Stadtbewohnern und Bauern und schrien vor Freude und Entzücken. Bald konnten die Menschen zu ihm kommen und wie früher bei ihm einkaufen. Seine vier Freunde kamen von der Quelle in den Bergen hinunter und arbeiteten mit ihm auf dem Hof, und er ließ seine Frau und seinen Sohn nachkommen. Von da an lief alles sehr gut.

INHALT